ハーレクイン文庫

億万長者の残酷な嘘

キム・ローレンス

柿原日出子 訳

HARLEQUIN
BUNKO

A SECRET UNTIL NOW

by Kim Lawrence

Published by Harlequin Japan, a Division of K.K. HarperCollins Japan, 2024

億万長者の残酷な嘘

◆主要登場人物

アンジェリーナ・アーカート……モデル。愛称エンジェル。
ジャスミン……エンジェルの娘。愛称ジャス。
チェーザレ・アーカート……エンジェルの兄。
クライヴ……エンジェルの撮影仲間。俳優。
アレックス・アルロフ……実業家。
エマ……アレックスの妻。故人。
ニコ……アレックスの甥。

プロローグ

二〇〇八年夏、ロンドン。

エンジェルの目は暗がりに慣れはじめていたが、寝ているところからは枕元の時計は見えず、彼の肩に遮られていた。だがカーテンの隙間から差しこむかすかな光が、もう朝だと告げていた。

「夜が明けて朝になってしまった！」

エンジェルは震える息をつき、なじみのない部屋を見まわした。贅沢《ぜいたく》な五つ星ホテルだけれど、ありふれた家具が並ぶ、これといって特徴のない部屋だった。同じようなスイートルームで何度も寝たことのある者にとっては特に。

エンジェルには選択の自由があったので、気をめいらせる、こういう部屋は避けてきた。避けてきた……。過去形になっているのに笑みを浮かべ、肘をついてゆっくりと体を起こした。この部屋は違う。ただ、すばらしい眺めが望めるからでも、贅を尽くした快適なベッドだからでもない。違っているのは、ひとりではないからだ。

傍らに寝ている男性が何かつぶやき、エンジェルは凍りついた。あわててそちらに注意を戻す。彼の片手が頭の上に投げ出され、息をのんだ。美しい背中の筋肉が波打つのを見て、胸がどきどきする。顔は見えないけれど、呼吸は深く、規則正しかった。

起こしたほうがいいだろうか？

目の下に隈《くま》ができていたので、充分な睡眠が必要に違いない。彼を見た瞬間、エンジェルは気づいた。特に観察眼が鋭いわけではないのに、彼の顔はひと目見ただけで、しっかりと記憶に焼きついた。

彼の顔は特別だった。大きめの官能的な口元には疲労からくるしわが刻まれ、印象的な目の下に黒い影があっても、その特別さは変わらない。鮮烈な青い深みをたたえる瞳にも、つかの間よぎった怒りの表情のうちにも、疲れきった皮肉な影が見て取れた。

彼はエンジェルに腹を立てた。だが、彼女を立っていられないほどにしたのは、彼の激しい怒りのせいでも、命を救われたせいでもなかった。彼そのもの、彼のすべてがエンジェルをそうさせたのだ。全身から放たれる男らしさに、彼女は激しい衝撃を受け、欲望の大波にのまれて息もできないほどだった。

ずっとあとになって、エンジェルはあれが人生の岐路だったと気づいた。そのときはそこで道が分かれていたとは気づかず、いつ決心したのか定かでなかった。見ず知らずの男性しか目に入らず、ただ一緒にいなければという思いだけだった。彼が欲しくて、彼の目を見れば、同じ気持ちだとわかった。

ほかのことがどうだというのだろう。

本当にそう思ったの？　ほかのことはどうでもよかったの？

今さら自問するなんて、愚かにもほどがある。自問自答は、事後ではなく事前にしなくては意味がない。わかりきったことなのに、昨夜は自分の心に問いかけもしなかった。お酒のせいにするのは言い訳にすぎない。何年も前に読んだ小説の言葉が頭に浮かんでくる。当時はゴシック・ロマンスなどばかにしていたけれど、いまはその言葉を払いのけることができなかった。

〝わたしは激しい渇望を感じた。心にも体にも、これまでになかった痛みを覚えるほどに〟

小説のヒロインの言葉を思い出しても、もうくすくす笑ったり、目をむいたりはしない。そう、彼は本当にすばらしいのだから！

もっとも、すばらしい男性なら以前にも会ったことはあるし、彼らの男らしい態度を楽しんだりもした。エンジェルは自分の人生に責任を持っていたし、そんな生き方がしたかった。歴史を見れば、強くても悲惨な人生を送った女性はたくさんいるけれど、そのひとりになるつもりはなかった。

彼に命を助けられたとはいえ、いまエンジェルが感じているのは、感謝とは無関係のものだった。どうしてこんなことが起こったのか自分でもわからなかったが、逆らうつもりはなかった。

本当に刺激的で……わくわくさせられた！

「ああ、なんて美しいの」エンジェルは畏敬の念を込めてささやき、彼のなめらかな髪をそっと撫《な》でた。彼女の髪も黒いけれど、彼の髪はさらに黒い。彼女の肌は自然な小麦色をしていたが、彼のよく日に焼けた褐色の肌のそばでは白く見えた。二人の四肢が初めて絡み合ったとき、男の力強さと女の柔らかさの違いのすばらしさに魅了された。彼にもっと触れて、味わいたくなった……。

どうしてこんなに目が冴《さ》え、疲れを知らないのか、エンジェルはわからなかった。一睡もしていないのに、意識は研ぎすまされ、体は痛いほど敏感になっていた。

両の腕を頭の上に掲げ、猫のようにしなやかに体を伸ばすと、これまで知らなかった筋肉の動きが意識され、けだるい喜びにふっくらとした唇がほころんだ。夢に見た男性が実際に現れるなんて！

これは運命よ！

エンジェルは眉間にしわを寄せた。そんなふうに思うなんて、わたしらしくない。あなたはロマンティストではない、と非難されたことがあったが、褒め言葉として受け取った。

また瞬く間に恋に落ち、簡単に冷めるような――母のような人にはなりたくなかった。母は男性が思わず守りたくなるような華奢《きやしや》な女性だが、何があっても心は傷つかなかった。

エンジェルは、守りたいと男性が思うような女ではなかったし、そんなふうに思われたくもなかった。常に自立していたかった。彼女は子どものころ、孤独な人生を、兄と想像力のおかげで救われた。だからといって、空想の世界と現実の世界を混同することはなかった。空想が実現すると考えたことも。

手を伸ばし、宙で指を動かして、彼に触れたい衝動と闘った。こんなことを考えても、きまりの悪い思いをしないことにエンジェルは驚いた。服を脱いだときも同じだった。自分は正しいことをしていると感じ、心臓が止まりそうなほどわくわくした。

もう一度、彼の引き締まった体を隅々まで探りたい――そう思うだけで、下腹部が震えてきた。

「本当に美しいわ」エンジェルは再びささやき、傍らで眠る男性を見つめた。

彼の名前はアレックス。エンジェルは彼に名前を尋ねられると、アンジェリーナと答えた。だが、そう呼ぶ者はいない。彼女が生まれたとき、小さな天使のようだと父が言い、以来、エンジェルと呼ばれるようになった。

エンジェルの声に応えるように、彼は何かつぶやいて仰向けになった。片腕を頭の上に投げ出し、長い指がベッドのヘッドボードに触れた。

エンジェルは下腹部に強烈な興奮を覚え、顔に畏怖と渇望の混じった表情を浮かべた。これほど美しい人は見たことがない。想像したことさえも。

薄明かりに満たされた部屋の中で、彼の褐色の肌は金色に輝き、サテンを思わせた。指先がむずむずする。陳腐な言葉だけれど、彼はまさに完璧だった。長い脚は広い肩と釣り合いがとれ、筋肉質の胸を覆う黒い胸毛は平らな腹部へと矢のように細くなって続いていく。まったく贅肉がない。そんな完璧な体の持ち主が、わたしとベッドを共有している……。

エンジェルは下腹部の筋肉がこわばるのを感じ、困惑したような笑みを浮かべた。昨夜は完璧だった。不安も戸惑いもなかった。

〝エンジェルはまだ、ほどよさということがわかりません。すべてかゼロかで、中間がありません〟

ふいに成績表に書かれていた言葉を思い出した。

担任の教師は優と不可しかない学業成績のことを言っていた。もちろん、セックスのことではない。でも昨夜も〝中間〟なんてなかった。エンジェルは何一つ惜しげもなく、すべてを彼に与えた。

〝タイミングが悪いのはわかっていますが、問題が発生しました〟

その言葉はアレックスの耳に心地よく響いた。

〝言ってくれ〟

彼らは話し、アレックスは行動した。危機管理は彼の得意とするところだった。集中すればいいいだけだ。よけいなことを締め出して。

葬儀からオフィスに直行し、それから数週間、ほとんどそこで暮らした。顔を洗い、食べ、ソファでわずかな時間、眠った。合理的で、性に合っていた。彼はもはや家に帰る必要がなかった。

危機は去った。アレックスは家に帰らない理由がなくなった。あるとすれば、家では睡眠時間が少なくなることだった。眠っても、しばらくするとすぐに目が覚めた。

だから、深い眠りから目が覚めたとき、ブラインドの隙間から光が差しこんでいるのがわかると、奇妙な感じに襲われた。自分の部屋ではなかった。

ここはいったいどこだ？

彼はまばたきし、信じがたいほどすばらしい女性の美しい顔に目の焦点を合わせた。女性は一糸まとわずにベッドに座り、彼を見下ろしていた。つややかな黒髪がシルクのカーテンのように胸のふくらみにかかっている。彼が両手ですっぽりと覆った胸のふくらみに。

たちまち記憶が戻った。

なんてことだ！

「おはよう」女性が言った。

アレックスの体は彼女の眠そうな笑みに反応した。だが、彼は欲望を無視し、歯をきしらせて、ベッドから脚を下ろした。罪悪感がこみ上げてきて喉がつまる。どれほど魅力的に見えても、間違いを繰り返すわけにはいかない。

ハスキーな声と完璧な体を持つ彼女は罪深いほど魅力的だが、これは過ちだ。終わらせるのが彼の責任だった。

「もう目を覚まさないのかと思ったわ」

エンジェルに触れられ、アレックスの背筋がこわばった。彼は顔からあらゆる表情を消し去り、彼女と向き合った。

「起こしてくれたらよかったのに。何かに遅れたりしていないのか？」

「遅れる？」きき返すエンジェルの声が震えた。

アレックスは立ち上がり、服を探した。「タクシーを呼ぼうか？」

「わからないわ……てっきりわたしたちは……」彼の冷たいまなざしに、エンジェルの声が小さくなる。

「いいかい、昨夜は……確かにすばらしかった。だが、きみとはつき合えない」

つき合えない？　エンジェルは状況をまだ理解できずにいた。

アレックスはいっそう罪悪感を覚えたが、これ以上引き延ばしたくなかった。ぼくは大間違いをした。それだけのことだ。反省会をしても何も変わらない。

「わたしは――」

アレックスは遮った。「昨夜のことはただのセックスだ」彼はまるで子どもか、のみこみの悪い相手に説明するかのように、ゆっくりと話した。

その言葉と同じくらい冷ややかなまなざしに、エンジェルは戸惑った。

「でも、昨夜は……」

「さっきも言ったように、昨夜はすばらしかった。だが、あれは間違いだ」そして男は間違いから学ぶ。誘惑に負けて間違いを繰り返したりはしない。

彼が苦労しながらシャツを着てズボンをはくのを見ているうちに、エンジェルは気分が悪くなった。ポケットから何かが落ち、金属音をたてると、エンジェルは反射的に動いた。体をかがめ、指輪を拾い上げた。

「あなたの？」

アレックスは彼女に触れないように気をつけながら、手のひらから指輪を取った。

「結婚しているの？」

一瞬、アレックスは本当のことを言おうと思った。かつては結婚していたが、いまはしていない。もう前に進むころ合いだと友人たちがうるさく言うので、指輪をポケットに入れたのだ、と。

そのとき、アレックスは嘘《うそ》をつくことがずいぶん簡単で、さほど苦痛ではないことに気づいた。嘘は自責の念をやわらげはしないが、この出来事を感傷的にしないですむ。そして、そのろくでなしは結婚していたの、と彼女は友だちに話して聞かせることができるだろう。

「すまない」

彼女はすばらしい緑色の目に怒りを燃え上がらせ、威厳たっぷりに立ち上がった。「最低だわ!」軽蔑したように言い、手の甲で彼をたたいた。

彼は思わず目を閉じた。目を開けると、彼女がバスルームに消えるところだった。ドアに鍵がかかる音がした。

エンジェルは手を口に押し当ててトイレに駆けこみ、吐いた。

寝室に戻ったときには彼の姿はなかった。

エンジェルは自分ではどうしようもないほど彼を憎んだ。母のとんでもない男友だち——十六歳のエンジェルの体をまさぐろうとした、あの男以上に憎かった。そして、アレックス以上に嫌いなのは自分自身だった。どうしてあれほど無分別な行動に走ったの?

彼には娼婦《しょうふ》のように扱われたけれど、わたし自身がそんなふうに振る舞ったのだから、自業自得だ。

ホテルの部屋を出るときには涙は乾き、表情は引き締まっていた。彼のことも昨夜のことも二度と考えまいと心に決めていた。
昨夜は何も起こらなかった。
アレックスなどという男は存在しない。
これが唯一の真実。
それでこそ、わたしは前に進むことができる。

1

「ヨーロッパで二番目に大きな広告会社でね――」

「おまえにとって何かいいことがあるのか？」契約書の小さな文字を読みながらニコの話を聞いていたアレックスは、柔らかな口調で遮った。彼は姉の息子が好きだし、ただひとりの甥《おい》だった。

ニコはアレックスの言わんとしていることを理解し、肩をすくめた。「インターンシップで実務経験が積めるって聞いたんだ」

アレックスは契約書を読み終えてページの最後にサインをし、処理済みの書類の上に置いてから、椅子を後ろに押して長い脚を伸ばした。肩を動かし、午前中仕事をこなした自分への褒美に少し走ろうかと考えた。若者をうらやんでいるわけではない。一族の中でもニコはおとなしいほうだ。中にはアレックスを財布代わりと思っている者もいる。その役割は受け入れるしかなかったが、身内は大事だった。

「準備しておくんだな。話はわかった」

「ありがとう」

ニコはそう答えたものの、叔父のアレックスの目はいつも氷のように冷たいので、気が楽にはならなかった。決して淡い青のせいではない。珍しい色だが、叔父よりかなり年上の母の目と同じ色だ。子どものころ、叔父の目はいつもニコの頭の中を見透かしているように思えた。もう子どもではないが、叔父の前ではいつも正直になってしまう。

「父さんが紹介してくれた仕事があって、ぼくもありがたいと思っている」

「でも？」

「でもぼくは、父の息子という立場や、あなたの甥という縁故とは無関係のところで何かしたいんだ」

「現実的ではないが、おまえの決意は賞賛に値する。ぼくだって銀のスプーンをくわえて生まれてきたってことを忘れているようだがな」

「けれど、その銀を金に変えたじゃないか」ニコは沈んだ声で言った。

ニコには、救わなければならないような財政危機に陥っている会社はなかった。アレックスのおかげで、ギリシア人の曽祖父が起こした海運王国は何年にもわたる不振から立ち直り、ますます強大になって、成功物語にまでなっていた。

アレックスは数年前にロシア人の曽祖父アルロフから石油による莫大《ばくだい》な富を受け継いだが、そうでなくても、大金持ちになったことは間違いないだろう。アレックスがニコの父である義兄に海運業の運営を任せたのはそのころだった。

「悪いことかな?」

「もちろん違うさ。でも、誰も叔父さんのことを、額に汗して働いたことのない、ちょっとした金持ちの子だなんて思っていないよ」

ニコは周囲からそう思われているというのか? アレックスは彼に同情した。恵まれた境遇に生まれながらも、見所のある甥だった。

「叔父さんは何も証明しなくてもいいんだよ」ニコは視線を落とした。「この話は忘れて。叔父さんがこの話に乗り気じゃないのはわかっているよ。ぼくが広告会社の人にいい顔をしたかっただけだから。サロニア島の話を出したときの連中の顔を見せたかったよ。花火のように輝いていた」ニコは机の上に置いていたタブレットに手を伸ばしたが、アレックスが引き寄せたので、手を引っこめた。

「どうして連中にいい顔をしたかったんだ? 個人的な興味でもあるのか? 化粧品会社の新人とはまだつき合っているのか?」

そのかわいい女の子の名前を思い出せないまま画面をスクロールしていくと、化粧品会社のロゴが現れた。アレックスがあまり知らない世界だった。

「新しい香水が目下の大仕事らしいな?」

「すごいよ」甥が答えた。「一組の男女を使ってシリーズで広告する計画なんだ。全部で六パターン。それぞれ物語があるシリーズ物だ。有名なディレクターと、主役にはハリウッドの男を連れてきた。でも、彼は三十五歳にはなっている」

アレックスは笑いをこらえた。「三十五歳がそんなに年寄りか？」甥に年寄りだと思われるまでにはまだ三年ある。

「最初の三本の広告をエキゾティックなところで撮影したがっているんだ。たとえば、砂浜と太陽と椰子《やし》のある楽園のような島で」

「ハリウッドの黄金時代と結びつけるのは悪くない」アレックスは口を挟んだ。どうしてサロニア島がロケ地として魅力があるのか理解できた。

かつて島は祖父の有名なパーティの舞台だった。若い女優を好んだスピロス・ティアキスは、海運業で大成功を収めると、当時のスターたちを自分の島に呼んでパーティを主催した。こうした伝説的な催しの写真が、乱痴気騒ぎのパーティや情熱的な情事の話として、いまでもよく引き合いに出された。だが激しい雷雨のあいだに邸宅が焼け落ちた話は省かれた。奇跡的に重傷者は出なかったが、邸宅が建て直されることはなかった。その後、祖父の運命も下向きになり、島には誰も住まなくなった。

アレックスは本土にリゾートホテルを建設しているとき、船で数分の島に渡ったことがあった。一緒に行った妻のエマは島に魅了された。二人は島に家を建てることにしたが、彼女が病気になると計画は中断を余儀なくされ、結局は永遠に棚上げとなった。

エマを亡くして数カ月後、アレックスはサロニア島に行った。数日のキャンプのつもりが、数週間に延びた。その年のうちに彼は家を建てた。必要最低限の小さな家を。彼の避難所であり、充電するために年に一、二度出かけた。アレックスのまわりにはカメラマンや電話やニュースのないところはまずなかったが、サロニア島だけは例外だった。甥の計画は賞賛したものの、自分の貴重な聖域に撮影隊を入れるより、バスルームにテレビカメラを招くほうがまだましだった。

「ルイーズだよ」唐突にニコが言い、大きな机の端に腰を下ろした。「厳しくしつけられた彼女は、ぼくが甘やかされていると思っている」

「おまえがつき合っているスターか？」

ニコはうなずいた。

「彼女によく思われたいんだな……」アレックスはタブレットをぼんやりとスクロールしていた手を止めた。「これは誰だ？」彼をよく知る者なら抑揚のない声をおかしいと思ったかもしれない。だが、ニコは自分の厄介な恋愛にすっかり気を取られていた。

甥は身を乗り出し、逆さまの画像を見た。カメラに向かってつややかな真紅の唇を突き出している、美しい若い女性のスタジオ写真だった。彼女のすべてが挑発的だ。波打つ黒い髪が顔の半分を隠し、顔に浮かんだ笑みは、エメラルド色の目の奥に隠された秘密を明かそうとするかのように誘いかけている。前かがみになっているせいで、体に張りついた金色のドレスから豊かな胸の谷間が見えた。

「エンジェルさ。モデルだよ」

エンジェル……。アンジェリーナなのか？「モデルだったのか」

そのことに驚きはなかった。アレックスが驚いたのは、六年前に見たきりの顔にたちまち体が反応したことだ。下腹部をこわばらせる渇望はまだ過去のものとはなっていなかった。

ニコはうなずき、叔父が知らなかったことに驚いたようだった。「去年の下着のキャンペーンで見ているはずだよ。至るところにあったから」

「見逃したようだ」アレックスには下着も身につけていない美しいブルネットが見えていた。男性ホルモンで満たされた脚のあいだに気づかれないように立ち上がり、それからまた座った。ティーンエイジャーのような自制心のなさに腹が立つ。

「魅力的だよね？」ニコはその場の雰囲気に気づいていなかった。「この髪に、緑色の目。彼らはエンジェルを中心にキャンペーンをするつもりなんだ。香水のニューフェイスとして有名人を選ばない危険は計算済みだそうだから。今回は――」

アレックスはニコの説明を聞いていなかった。エンジェルは彼にとって知らない女性ではない。彼女の顔や目を見ていると、なめらかな体や、波を思わせる曲線美や黄金色の肌を思い出した。あの夜がまざまざとよみがえり、シャンプーの香りまでした。

欲望が全身を激しく貫いた。いつもの罪悪感を伴って。エマを亡くしてからわずか数週間後だった。なのに女性とベッドに飛びこんだ。そう仕向けたのはエンジェルのほうだが、彼は誘いに乗った。

自己嫌悪にアレックスの口元がゆがんだ。あれから気持ちを切り替えた。一夜だけの関係は彼の好みではないが、セックスを楽しむ女性たちと満足できる関係を楽しんだ。罪悪感を伴うことはなかった。

「いいだろう」

そう言いながら、アレックスは自問した。苦しいほどの罪悪感を思い出したいのか？　思い出そうとしているのではなく、欠けているものを満たそうとしている。かすかに頭を振り、彼は分析しすぎていることに気づいた。彼女とのセックスは彼の人生で最高だった。もう一度試してみればいい。

ニコは鳴っている携帯電話を切ろうとポケットから出したものの、手から滑り落ちた。驚きのあまり目を丸くして机の向こうに座っている叔父をまじまじと見た。

「いま、なんて……。いいの……？」ニコは自分の幸運が信じられなかった。

机の後ろでアレックスは強力な意志の力をかき集め、官能的な想像を頭から締め出した。片方の眉を上げて答える。「ああ」

突然、立ち上がったニコがいかにも若者らしい興奮を発散しているのを見て、十二歳年上のアレックスは年を取ったと感じた。

「本気なの？　かついでいるんじゃないよね？　だって、叔父さんは――」

アレックスは眉をぴくりと動かした。「冗談を言ったりはしない？」

ニコが正しいのかもしれない。ぼくは良心と共にユーモアもなくしたのかもしれない。

良心は厄介なものだ、とアレックスは思った。過去を清算する必要があった。そのための思いがけない機会が訪れたのだ。〝まずベッドに飛びこんでから、あとで質問する〟ことにしている女性には、思いがけない展開を予期するべきだった。純真というのは性に奔放な女性に使うには奇妙な言葉だ。だが、彼女はどこか……。

また考えすぎている。

罪悪感の不快な味を別にすれば、彼女はこれまで会った中で最高の女性だった。仕事に追われ、最後にセックスを楽しんでから何カ月もたっている。さっき彼女に強く反応したのはそのせいかもしれない。いや、セックスは不要だ。人生で必要なのは疑問符だ。予測できる単調な生活ではなく、起伏と変化が必要だ。

ぼくはまるで人生に満足していない男のようなことを言っている。もちろんいまの人生には満足している。アレックスは立ち上がり、椅子の背にかけていたジャケットを取った。

「拾わないのか？」彼は携帯電話のほうに顎をしゃくった。

呆然《ぼうぜん》としていたニコは、はっと我に返ってうなずいた。「何を？　ああ、もちろん……」

「絶えず状況を知らせてくれるか？」

「ぼくが？　もちろんだよ……。詳細を知らせればいいんだね？」ニコは長身でがっしりとしていたが、身長が百九十五センチで、肩幅が十センチ以上も広い叔父と話すには、見上げなくてはならなかった。

「そうだ」アレックスは広い肩にぴったりと仕立てられた高級なウールのジャケットを羽織った。

「本気なんだね？　本当にサロニア島で撮影していいんだね？」

ニコは叔父に話を持ちかけたものの、成功するとは思っていなかった。アレックス・アルロフがプライバシーにいかに気を配っていたか、誰もが知っていた。妻を亡くす少し前に、妻の医療記録が誰かにハッキングされてからはとりわけ。新聞にお涙ちょうだいの記事が載ったあとで、彼は大の訴訟好きだとの評判が立った。法的に報復することで、相手の人生を台なしにしたのだ。

「もちろん制限はある。本土に滞在し、島には毎日通ってもらう。家には近づいてほしくない。細かい点はおまえに任せていいな？」

「すごい……。ああ、大丈夫だよ、ありがとう。決して後悔はさせないよ」

ニコは全身に喜びをにじませ、飛び上がった。

自分の決心の動機についてあれこれ考える人間なら、しだいに募る欲求不満を抱えながら過ごすところだが、アレックスはそんなタイプではなかった。彼はその後の時間をランニングに使った。


エンジェルは関係者の大半が集まっているラウンジをのぞいた。ファッション関係の撮影会には五、六人集まるのが普通だが、ずいぶん大勢の人がいた。

「散歩に行こうかしら。誰でも新鮮な空気が欲しいでしょう?」活動的なエンジェルは贅《ぜい》沢《たく》なホテルに閉じこめられているのに疲れはじめていた。

驚いたように何人かが振り返り、そのうちのひとりがなだめるように言った。

「雨が降っているよ、エンジェル」

八月には雨は降らない――このリゾート地に来てから、数えきれないくらい聞いた言葉だ。けれど実際は、この二日というもの雨は途切れることなく降っていた。

撮影が遅れ、みんながいらだった。経理担当者からは文句が出はじめた。

エンジェルにとっては、二日もあれば、家で娘と過ごすことだってできた。

「ただの水よ」

「でも、濡《ぬ》れるよ」

「運動が必要なの」エンジェルは言い張った。

「わたしはジムに出かけるところよ」広告の中でエンジェルの母親を演じる女優のインデ

イアが言った。エンジェルとは十歳しか違わない。「一緒に行きましょう」

「ジムには行かないわ。スパンデックスのスポーツウェアにアレルギーがあるから」

「本当に？」

「いや、本当じゃないよ、インディア。彼女は冗談を言っているんだ」照明係が言う。

「髪が濡れてしまうよ」エンジェルの髪を完璧にしておかないといけない男性が反対した。

彼はエンジェルのウエストまでの黒い髪が地毛だというだけでなく、これまで一度も光沢のある色を強調したり変えたりする必要がなかったと聞いてショックを受け、まだ立ち直っていなかった。

「乾かすわ」

「ところで、この匂いはなんだ？」

「わたしよ、申し訳ないけれど」エンジェルは背中に隠していた手を出した。「たっぷりの玉葱《たまねぎ》の誘惑には勝てなくて」

「ホットドッグか？」

エンジェルは化粧品会社の重役を驚かせたものをちらりと見た。部屋にいる者でショックを受けていないのは、若くてハンサムなギリシア人のニコだけだった。ニコの外見からティアキス家の人だろうと思った。ティアキス家はこの贅沢なリゾートをはじめ、ほかにも世界中にリゾートを所有していた。海運会社も同じ名前のようだが、ニコが代理を務めるサロニア島の所有者との関係が定かでなかった。

「だといいんだけど」笑ったのは若いギリシア人だけだったので、エンジェルは彼にウインクをしてつぶやいた。「やりにくい人たちね」ひどいニューヨークなまりで言う。

「でも、朝食はしっかり食べたでしょう」スタイリストからの批判的な言葉が続いた。

雨の中を歩くのはよく思われていないようだが、この雰囲気から察するに、ちゃんと食事をすることも異常な行動だと考えられているようだ。それでもエンジェルは非難に気づかないふりをした。

同様に、イギリス風のたっぷりした朝食より、低脂肪のヨーグルトを選んだほうがいいという明白な助言も無視した。何より平穏な生活が好きだった。

「おいしいわ」エンジェルはスタイリストの視線を感じながら言った。みんなは、彼女がみっともなく太っていくところを見たいと思っているようだ。

エンジェルはホットドッグを握り締め、目下の軽蔑とは正反対のまなざしで見つめさせるようなことを言ってやりたい衝動と闘った。あとになって気づいたが、エンジェルの母はそんなことには決して賛同してくれないに違いない。

最近、人を無性に喜ばせたくなることがあった。そのつど、断固として欲求を抑えこんだ。愛情に飢えている姿は格好のいいものではなく、娘に示したい手本でもない。

エンジェルは顎を上げ、輝くばかりの笑みを見せた。「これで、散歩に出たほうがよくなったわね」

新聞の後ろに隠れていた人物が新聞を下ろした。彼の前でポーズをとる有名人よりも、さらに有名な写真家だった。

「みんな、安心しろ。エンジェルは一グラムだって太らない。そうだろう、ダーリン」写真家はドア口に立っている若い女性のしなやかな曲線美に目を走らせて、眉を上げた。

「けさは特に魅力的だ……。プロの目で言っているんだよ、エンジェル」


庭師は格子垣に立てかけた梯子《はしご》のあいだを通り抜けていく人影に気づき、目を見開いた。アレックスはマスコミに気づかれないように行動するのが好きだった。前日の夜に自家用ジェット機で私設の飛行場に到着し、降りつづく雨の中をひとりでやってきた。彼の情報源であるニコによると、撮影予定はめちゃくちゃだという。

雨はやんだばかりで、遅い午後の太陽に照らされて蒸気が霧のように地面から立ちのぼっていた。行楽客たちが数人、ホテルから出てきている。ビーチでクリケット風の騒々しいゲームに興じている大家族もいた。

ニコが手配した夕方のカクテルパーティに出るまでには、まだ数時間あった。ニコはアレックスが甥のためにパーティに出席すると思っている。アレックスの動機は無欲なものからはほど遠かったが、姉との関係を考えると、ニコにそう思わせておいても悪くはなかった。

アレックスはにぎやかな声がしているほうへ向かった。花が咲き乱れるテラスから海辺を見渡せる並木道へと歩いていく。いつもこの時間はパラソルや仰向けになった日焼けした体が点在しているが、天候のせいで球技を楽しんでいる家族以外、ほとんど人影はなかった。

夕方になるのを待っているうちに、アレックスは彼らしくない焦燥感を覚えていた。背の高い官能的なブルネットとのセックスは彼の人生で最高だった。あれほど官能的な情熱を体験したことはなかった。だが、いまでも二人はあの信じられないほどの反応を示すだろうか？

彼女の顔を見ただけで眠っていた狩猟本能がよみがえった。感情的な関わりを持つつもりはないが、ごく普通の欲望はあった。

アレックスは首を振り、残った時間を使ってスパホテルの増築計画に目を通すことにした。いくつかの仕事を同時にこなすのが彼の主義だった。仕事と楽しみを両立させるのは現実的だし、心地よかった。けれども一夜限りの女性と六年ぶりに会おうとしたことで取りつかれた妄想は、とても心地よいとは言えなかった。

どうしても彼女の顔を頭から追い払うことができなかった。だが、猛スピードでアレックスに向かって飛んできたボールが妄想を追い払った。直感で顔をそむけていなかったらぶつかっていたところだが、無意識のうちに手を出してボールをつかんだ。

すばやい反射神経と自然な動きに喝采が起こり、続いて海岸からいっせいに謝罪する声があがった。アレックスはうなずき、一緒にしないかという快活な誘いに首を横に振ってからボールを投げ返し、広い並木道を歩いた。

「もっと下がって、下がって！」

誰かが叫んだ。振り向くと、女性が全力で指示に従おうとしていた。あの姿は……。アレックスはぴたりと足を止めた。彼の官能に満ちた企《たくら》みの対象が日光浴をしている姿を想像していた。もしかしたらトップレスで？　カクテルをすすりながら、あるいは温泉につかりながら。だが、実際の彼女はショートパンツと短く切ったTシャツ姿ではだしで砂の上を走り、髪をなびかせて夢中で叫んでいた。

「取ったわ！」

アレックスがこのとんでもない状況の変化を理解する前に、女性はボールをつかみ、歓声をあげて高く飛び跳ねた。すぐに男性のひとりが彼女を砂浜に組み伏せた。二人が砂浜をころげまわるのをアレックスは嫌悪感を覚えながら眺めた。歩きだしてから、いつの間にか両手を握り締めていることに気づいた。

エンジェルは汗をかき、ゲームに夢中になっていたが、遠くにいた男性がボールを正確に投げ返して、歓声を引き起こすさまを見た。

長身で髪の黒いスポーツ選手のような体格の男性は、世界中にごまんといるし、権威と官能のオーラを放つ男性もいる。だからこの六年のあいだに、彼だと思い、胸が高鳴り、下腹部がこわばったあげく、彼女に嫌悪感を抱かせた男ではないとわかるという体験を何度かした。だがいま、彼女は母であり、すべては過去になった。ジャスの父親と会う機会はありそうになかった。あるとしても、ここではないと思いながら、長身の人影から目をそらした。彼でないとわかっても、心臓はまだ早鐘を打っていた。

しばらくしてボールをつかむや、彼女をゲームに誘った女性の夫にタックルされた。彼から身を振りほどいてボールを高々と掲げたときには、歩道にいたスーツ姿の男性はいなくなっていた。

2

　ゲームが終わると、親切な一家は、祖父母の結婚記念日を祝う午後のお茶会に来るようにとエンジェルを誘った。断っても無駄だと言われ、エンジェルは急いでバンガローに戻ってシャワーを浴び、服を着替えて一家を訪ねた。ケーキを食べても、誰も脂肪分の話はしなかった。

　ここに来て初めて楽しいと思い、くつろぐことさえできた。ただジャスミンと同い年の孫のひとりを見ていると、娘はどうしているだろうと喉が締めつけられた。

　結局、ケーキのお代わりをし、予定より長く過ごした。にぎやかな午後のあとでは、エンジェルのバンガローの静けさには気がめいった。部屋はすばらしかった。寝室が二つに、飾り気のない高価な木製の家具と床、それに白い壁には色彩豊かなオリジナルの絵がかかっている。

　どのバンガローにも花が咲き乱れるテラスがあり、テラスにはバスタブがついていた。そこからは山々を背景にしたプールや海が望めた。真っ白な砂浜は青緑色の波に洗われ、ところどころ椰子《やし》の木が生えている。前日の嵐が遠い昔のことのように思えた。

部屋に入る前に、エンジェルは足の裏の砂を払った。ここが新婚旅行のカップルに人気があるのはわかる。けれど、パラダイスの値段は安くはない。それにここにはエンジェルのパラダイスにとって大切なものが欠けている。

エンジェルは小さく首を振り、部屋を横切って、サイドテーブルまで歩いた。額に入ったジャスミンの写真を手に取るなり、胸がいっぱいになった。

「もうホームシックだなんて！　ママは意気地なしね」エンジェルは笑っている子どもに話しかけ、キスをして、喉の塊をのみこんだ。「元気を出しなさい、エンジェル」そう言って自分を励まし、サイドテーブルにゆっくりと写真を戻した。

最後に写真に手を振り、背筋を伸ばして、開け放ったままのフレンチドアへと歩を進める。それから平たいサンダルを履いて寝室に向かった。カクテルパーティに欠席は許されない。腕時計を見ると、着替えている暇はなかった。

「お酒を飲んで、お金持ちの島の所有者のご機嫌を取るのね？」エンジェルは唇を突き出し、姿見に映る自分に顔をしかめた。

しかめっ面はうぬぼれの強そうな所有者に向けたものだ。問いかけに答えは必要としていない。いま着ている薄い綿のドレスはカクテルパーティには向いていなかった。濃いコバルトブルーに緑の渦巻き模様があり、ようやく膝が隠れるくらいの長さしかない。ホールターネックのビキニの紐《ひも》がなければ、すべすべした小麦色の肩があらわになるはずだった。

エンジェルはオートクチュールの世界で仕事をするようになるかもしれないが、流行の奴隷ではない。何が自分に合うか知っている。独自のスタイルと、なんでも着こなす自信を持っていた。

芸能プロダクションのスカウトはそれを身のこなしと呼んだ。あとで話してくれたところによると、公園にいた無数のきれいな女の子たちの中から彼女を選んだ理由は、その身のこなしと、長い脚だった。彼女の脚はすばらしかった。最近ではエンジェルとそのスカウトは仲のいい友だちだが、最初の出会いを目撃した兄は、中年のスカウトをきっぱりと追い払った。兄だけが、エンジェルは自分の身を自分で守れないと思っていた。腹立たしくもあったが、妹を思ってのことだとわかっていた。

首の後ろに手をまわし、ビキニの留め具を外した。ドレスを乱すことなくビキニを脱いだとたん、思わずため息をもらした。ドアへと向かいながら、ビキニのトップをベッドに投げる。鏡に目をやり、ネックラインを引っ張って、胸のふくらみから数センチ上げた。「真珠をつけたほうがいいかしら?」エンジェルはひとりでくすくす笑った。「しっかりしなさい、エンジェル」鏡に映った顔が警告する。

エンジェルはきれいな緑色のビーズのネックレスを選んだ。プライベートビーチにいた行商人から、彼が警備員に追い出される前に、信じられないような安い値段で買ったものだ。急ぎ足でバンガローを出ながら、それを首につけた。何を身につけるかではなく、どうつけるかだ。月並みな言葉だけれど、それは真実だった。


アレックスが自分の行動を正当化しようとすることなど、めったになかった。なのに、なぜいまそうしようとしているんだ？　客観的に見るなら、ニコの要望に応えただけだ。甥《おい》を助けるのは叔父のすることだ。それに、ここでする仕事もあった。

これは単に好奇心で、犯罪などではない。六年前に一夜だけベッドを共にした女性と会おうと、あえて企《たくら》んだわけではない。

そうとも、アレックス。おまえは了承しただけだ。

アレックスは過去の過ちから学ぶことができると思っていたし、いまを生きることをよしとしていた。だが全身が熱い欲望にさらされると、六年前の一瞬に引き戻されていた。あのときは、とにかく行動しなければという思いに突き動かされて、アレックスはラッシュアワーのただ中に車と運転手を残して、混雑しているロンドンの通りを歩いていた。

その若い女性は歩道から、車が走る車道に足を踏みはずした。そして、アレックスは文字どおりバスの車輪の下から彼女を引っ張り出していた。もし彼が行動を起こさなかったらどうなっていただろう。

あの瞬間の記憶はしっかりと頭に刻まれ、いまでも排気ガスの臭いがし、甲高いブレーキ音が聞こえ、目撃者の叫び声が彼の耳を打った。あやうく惨事になりかけたその瞬間を目撃した者がいたのだ。

アレックスの反応は単なる反射的なもので、勇気とはまったく関係なかった。無意識のうちに女性の向きを変え、彼を見上げている顔を見下ろし、そのままじっと見た。

するとアレックスの怒りはすぐに消えてしまった。

彼女は実に美しかった!

もし顔に傷でもついていたら、これは犯罪だと思ったことを覚えている。先が少し上向きの繊細な鼻、大きめの官能的な唇、信じられないほど濃い緑色のアーモンド形の目、くっきりと黒いアーチを描く眉。すばらしい目鼻立ちを、淡い金色に輝くサテンのように完璧な肌が際立たせていた。

気づいたときには、アレックスは息を止め、体はたちまち反応していた。

できるだけ長く彼女を抱き締めていたいと思う衝動と闘いつつ、彼女を離した。だが彼女を少し押しやりながらも、肘はしっかりとつかんでいた。シャンプーの香りが鼻をくすぐる。

彼女は苦しげに息をし、めまいを払うようにまばたきをしている。かかとの低いブーツを履いていたが、女性としては背が高く、彼の肩より少し上に頭がきた。ほっそりしているが、なまめかしい曲線美のせいで、普通のジーンズとTシャツがブランド物のように見えた。

「大丈夫か？」

彼女がうなずくと、腰まであるつややかな漆黒のすばらしい髪が顔のまわりで揺れた。彼女は頭を下げ、足を前に動かした。

「まだちゃんとついているわ」彼女はつぶやくように言った。声がかすれている。「自分のこれまでの人生が目の前を過ぎていくのが見えるって本当なのね」頭を後ろにそらし、彼を見つめてそっと息を吸う。「すごい！」彼女は目を大きく開いた。

アレックスはわざとらしさのない彼女の態度に思わず笑みを浮かべ、長い優美な首が赤くなっていく様子に魅了された。これほど感情を表に出す女性には会ったことがなかった。魅力的な若い女性は顔を赤らめながらも、彼と視線を合わせたままだった。

「わたしの命を救ってくださったのね」

アレックスは小さく肩をすくめた。「動いている車に飛びこんでいく習慣でもあるのか？」

女性は彼を見つめ返した。「初めてよ」

息切れがおさまると、さらにかすれた官能的な声になった。アレックスは彼女が震えているのを感じた。ショックのせいなのか、それともぼくと同じように欲望を感じているのだろうか？

「コーヒーでも……おごらせていただけないかしら？　せめてものお礼に」彼女は顎を上げ、はっきりと誘いかけているように言った。

「いいね」アレックスは答えた。

彼女は小さくため息をつき、いかにもうれしそうに笑った。肘をつかんだ彼の手を払いのけもせず、また震えたのがわかり、今度はその理由もわかった。

アレックスは記憶を押しのけた。いつものように記憶は罪悪感と結びついていた。あのとき、彼はもう結婚していなかったので、見ず知らずの女性とベッドを共にしても問題はなかった。

生きていたときも、エマは彼に愛人を持ってもいいと言っていた。アレックスは簡単にショックを受けたりはしないが、エマが初めてこの話を持ち出したときは動揺した。エマが何か問題を抱えていることに気づき、その気がかりなことを話すように彼は説得を試みたが、まさか彼女がそんな扇情的な提案をするとは思ってもいなかった。

「あなたは男だから、欲望があるでしょう。あなたは忍耐強く、わたしが多発性硬化症のことを話すべきだったとも言わなかった。話したかったけれど、再発するのはずっと先かもしれないし、しない可能性もあったから」

「知っていても、違いはなかったさ」アレックスはそれが事実だと願いながら答えた。

「わかっているわ、アレックス。でも実際のところ、あなたに選択肢はなかった。わたしが選択肢を与えなかったから。だから、あなたが必要としているなら、ほかの女性とつき合って。わたしはいいから。わたしが知る必要はないし、知りたくもない。一緒に暮らしてくれさえすればいいの。病院は大嫌いなのよ、アレックス……」

つまり、エマはどこかの病院に送られるのを恐れていたのだ。安心して家にいるために夫の不倫に喜んで耐える――彼女はそう言っていたのだ。アレックスは深く傷ついた。結婚後の最初の数カ月、妻は家具選びを楽しんだ。病気が再発して死を迎えるまで、いろいろなことを楽しんだ。

車椅子に乗るようになると、彼女は結婚前に病気の話をしなかったことで、罪悪感にさいなまれた。絶え間ない謝罪は聞くに堪えず、アレックスは怒ることがあった。罪悪感は募る一方で、悪循環だった。

「ここはきみの家だ、ぼくたちの家だ」彼の手の下で、エマの手はあまりにも小さく弱々しかった。「誓って病院も、ほかの女性もなしだ」

そして彼はずっと約束を守った。アンジェリーナと過ごした夜、法律上は自由だったかもしれないが、心はまだエマと結婚していた。けれどあの夜は、エマのことを思い出さなかった。どうして一瞬でも忘れることができたのか不思議でならない。

エマが生きているときにエンジェルと出会っていれば、あれほど簡単に約束を守れただろうか？　その問いが消えることはなく、答えはわからなかった。たとえ答えがわかったとしても、心が安らぐことはなかっただろう。

アレックスは、他人の弱点は許すことができると思いたかったが、自分の基準は高く定めた。できるだけ早くホテルの部屋を出たが、あの夜の記憶は頭から離れなかった。彼のもくろみどおりに事が運んだのであれば、もう煩わされることもないだろう。

「スターだけがいないようだが」アレックスは入り口に目を向けずにはいられず、我ながらいらだちを覚えた。「かっこうよく登場したいのかな？」

軽蔑したような叔父の口調に、ニコはむきになって言った。「彼女は本当にすてきなんだ」

頭のはげた幹部がニコに同意するようにうなずいた。「確かに彼女は形式ばったことはしない。プリマドンナ気どりだと言って責めることもできない」幹部は自分たちにしかわからない冗談を言って笑い、オレンジジュースをすすった。「人目を引くようなことをしなくても、みんなに気づいてもらえるんだから。エンジェルが入ってきたら、誰も存在しなくなる」自信ありげに言う。「そういうことだ」

アレックスはアンジェリーナ、あるいはエンジェルのことを思い起こした。あの夜、アレックスには彼女しか存在していなかった。一糸まとわぬ彼女がベッドの上に座っている姿を追い払おうと歯をきしらせた。まるで彼女は欲望以上のものを共有し、二人には明日があるとでもいうように振る舞った。

アレックスは現実に引き戻され、幹部の賞賛は単なる職業的なものだろうかと思った。彼はモデルとベッドを共にしたのだろうか？

「エンジェルはどのアングルから撮ってもいいと、ルーディが言っている」彼女のファンクラブの新しい会長になったニコが言った。

「ルーディ？」

「照明係、最高の照明係だよ」

照明係も彼女に恋をしているのだろうとアレックスは苦々しく思った。

ああ、いちばん最後になってしまった。エンジェルはどこか物陰に身を潜めたい衝動と闘った。カメラの前でポーズをとり、人々に写真を見つめられることで生計を立てていると思うと、心の中で苦笑した。本当は注目の的になるのが嫌いだった。

身を潜めはしなかったが、入り口で足を止め、部屋を見まわした。そよ風に柔らかいドレスがはためき、長い脚にからみついた。写真家のロスが彼女を見つけた。彼はにやりとし、親指を上げた。手に持つトニックウォーターらしきものがこぼれた。アルコールの匂いさえ好きではないのだが、かつて依存症だったとみんなに思わせておくほうがおもしろい、とエンジェルに打ち明けたことがあった。

エンジェルが即座に笑い声をあげたので、みんなに気づかれてしまい、たちまちあちこちから投げキスが飛んできた。

まあ、注目を集めるという点では正解だったわけね。エンジェルは軽装だった。ロス以外の男性はスーツにネクタイ、女性はカクテルドレスを着ている。

「待った甲斐《かい》があったよ」

誰かが言うと、アレックスも胸の内で同意した。

遅れてきた彼女の姿にアレックスは全身が焼けつくように熱くなった。六年前の彼女はすばらしかった。自然な上品さと優雅なセクシーさがあった。それに加え、いまは自信を持っている。自分の美しさを巧みに使うことができて、それを楽しんでいた。

部屋にいるほかの男性たちも楽しんでいた。

そうとわかると、アレックスの喜びは抑えられ、下腹部の痛みが意識された。素足とピンクに塗った足の爪から青い目をゆっくりと上げるにつれ、六年の歳月が消えていく。

まるでなんの努力もしてこなかったように見えた。何時間もかけて準備をしてきた女性たちを気の毒に思うしかない。エンジェルはショートパンツのまま現れて、普段着の行楽客たちを連れてきたりしたのではないが、彼女の身なりはカクテルパーティよりビーチに向いていた。目立とうとしてわざと軽装で来たのだろうか？　もっとも、この部屋にいる男たちが彼女の服装の間違いに気づくとは思えなかった。

彼女は、ふくらはぎから腿まで形のいい長い脚を見せている典型的なギリシアの女神を思わせた。金色に輝く肩を出し、美しいひだのある生地が豊かな胸を覆い、いったんその下で締めつけられてから流れるような柔らかいひだを作り出している。

生地はかすかに光り、エンジェルも輝いていた。

化粧はしていないようだ。ふくよかでセクシーな口元、かわいい鼻、黒いまつげのすばらしい目をした顔は美しく、ウエストまでまっすぐに伸びたつややかな髪に縁どられていた。

エンジェルはあとでその夜のことを思い出し、島を貸してくれた億万長者がエンジェルに注意を向けたとき、すでに自分の手に飲み物が押しつけられていたのは幸運だったと思った。

「ほら、あれが有名人よ」

それとなく知らされていればよかったのに。それにしても、これこそまさに衝撃だった。突然、氷水に全身をつけられたようだった。最初は頭が真っ白になり、目にしているものを拒否した。続いて息が肺の中で凍りつく。パニックの発作だろうか？　エンジェルはなんとかして感情を隠そうとした。

彼女は目をそらし、動悸《どうき》がおさまるのを待った。逃げ出したい衝動に駆られた。だが手も脚も自分のものとは思えず、走るのは無理だった。グラスを持つ手だけが動き、なんとかグラスを口に運んだ。

ひと息で飲み干し、罠《わな》にかかった動物のように左右に目を走らせた。どこにも隠れる場所はなく、彼がこちらにやってくる。見なくても、近づいてくるのがわかった。

どうしてあんなに何もなかったように振る舞えるの？

最初にアレックスに注意を向けさせた、かわいいメイクアップ・アーティストのサンディに、彼は何か言おうとさえした。何を言おうとしたのかわからなかったが、サンディが笑ったから、おもしろかったのだろう。あれこそがわたしだった。おもしろいエンジェル、賢いエンジェル、幸運なエンジェル……。怯《おび》えた無分別なエンジェル！

「寒いの、エンジェル？　震えているわよ」サンディが心配そうにきいた。

エンジェルは唾をのみこみ、なんとか言葉を絞り出してサンディの問いに答えようとした。

「いいえ、寒くないわ」シャンパンとブランデーのカクテルのせいで胃が熱を帯び、しだいに全身に広がっていく。「あの人が、アレックス・アルロフなの？」自分の声が遠くで聞こえるようだった。彼が一晩だけの関係を持った男性、子どもの父親だと理解しようとしたが、頭はまだぼんやりしていた。

サンディはエンジェルの愕然《がくぜん》とした顔を見て誤解した。「実物のほうがずっとすてきね」

サンディはエンジェルが億万長者の顔を知っているのは当然だと思っているようだ。もちろん、エンジェルは名前も知っているし、彼の経歴を話すこともできる。お金が魅力的だと思っているわけでも、巨万の富を蓄えた人に惹《ひ》かれるというのでもない。いまわしい皮肉に、噛《か》みしめた歯のあいだから短い笑いがもれた。彼女の兄は、いかにも見え透いたやり方でエンジェルを彼とデートさせようともくろんだことがあった。

兄のチェーザレとアレックスはサーキットでレーシングカーを走らせているとき知り合った。兄にとってはかつて本業だった。一方、アレックスは限界への挑戦を楽しむためにそこにいた。彼は大金持ちしか持てない高価なおもちゃを買う余裕があった。

二人は互いのスピードに対する愛で友情の絆《きずな》を結んだようだった。妻の話はしなかったのだろう。さもなければ、チェーザレは妹をアレックスとデートをさせようとはしなかったはずだ。もちろん、兄はエンジェルの子どもの父親について話しているとは気づいていなかった。エンジェルはきっぱりと断ったが、チェーザレにとって、妹を見守る習慣は生まれながらのものだった。

〝ロシアの独裁者とのデートに興味はないわ。たとえ雨の日に上手に運転できてもね〟

妹の返事に兄は笑ったが、すぐ言い返した。〝デートじゃない。週末に彼を招こうと言っているだけだ。おまえたちは気が合うと思うんだ。彼はおまえのユーモアがわかる。ということは、正直な話、彼は少数派というわけだ。それに彼はロシア人じゃない。ハーフだ。ロシア人の父親は彼が生まれる前に亡くなり、彼の親族と折り合いの悪かった母親は帰国した。ロシアには彼の祖父がいた。だからロシアの石油の話が出てくるんだ。アレックスの母親はギリシアとのハーフで、彼は母方の家族に育てられ、いまはイギリスの市民権を取っている〟

〝わかったわ、兄さんの好きなときに招待して〟エンジェルは週末は出かけることにした。

〝でも、興奮ばかりを求めるアドレナリンの信奉者は一家にひとりで充分よ〟

話はそれ以上は進展しなかった。

目下の問題はエンジェルのアドレナリンだった。頭がくらくらして目の前に黒い点がちらつき、心臓は高鳴って、意識しないと普通には振る舞えなかった。顔に笑みを張りつけているせいで頬はこわばり、グラスの縁を飾っていた砂糖がついた唇に上の空で舌先を這《は》わせながらも、目はどんどん近づいてくる彼に釘《くぎ》づけだった。

長い脚をまっすぐに伸ばした、獲物をねらうような足取りに、エンジェルの恐怖は募った。二人の距離が一メートルほどになると、吐き気を催した。状況が違えば、恐怖ではなく賞賛のあまりその場に立ちすくんでいただろう。アレックス・アルロフの優雅でしなやかな動きは生まれながらのスポーツ選手のようだった。だが、そこには食物連鎖の頂点にいると知る者の傲慢さがあった。それに彼は、浜辺で見かけたあの男性に違いなかった。

ばかげているけれど、もし一瞬でも彼から目をそらせば、怖《お》じ気《け》づいて逃げ出すか、気を失ってしまうかのどちらかだ。エンジェルは大きく息を吸った。

そのときにはもうアレックスがそばに来ていた。エンジェルの顔から恐怖に引きつった笑みが消え、他人行儀な冷淡さが表れた。それは表面的なものだった。だが、彼への思いを告げたい欲求に負けて、ばかなまねをしない限り、誰も気にしないだろう。

本当の気持ちを表しても、状況はよくならない。何を言うかははっきりとわかっていた。六年近く考える時間はあった。そして前に進むことができない哀れな女にもならず、彼のことを考えて六年間過ごすこともなかった。

エンジェルには大切な人生があり、そこに彼の居場所はない。少なくともけさまではそうだった。いま彼は身元の知れない男ではなかった。そして、実際ここにいる。

エンジェルはジャスミンとの将来の会話をずっと恐れていた。それは〝ごめんなさい。あなたのお父さんが誰かわからないの〟で始まる会話だ。だが、父親はアレックス・アルロフだと言えると思うと、それほど恐ろしいことではなくなった。

彼はわたしに気づかないかもしれない。いいえ、これまでの状況からして、それはありえない。エンジェルはヒステリックな笑いをのみこみ、飲み物のお代わりを手に取った。けれど、もし彼が気づいていなかったら、部屋を出た瞬間にわたしの存在を忘れていたのなら、彼に話さないのはそれほど悪いことだろうか？　そう、これまではモラルを曖昧にできた。そのほうが人生は単純だったから。エンジェルはかぶりを振った。いまはもっと深い意味がある。彼女はその場に倒れないようにするのがやっとだった。
集中しすぎていたのかもしれない。一瞬、彼の視線がエンジェルの顔をかすめたとき、淡青色の瞳の中にショックが浮かんだように見えた。だがすぐに消え、彼の注意もそれていった。

エンジェルは拍子抜けした。そうなの？　ほほ笑みかけられたサンディは彼に話しかけられ、顔を輝かせた。サンディが甲高い笑い声をあげると、エンジェルはたじろいだが、非難することはできない。初めて彼を見たとき〝すごい！〟と声をあげた者にその資格はない。

あのときの自分を思い出すと、身がすくんだ。彼に誘惑されたくてしかたがなかった。互いに強い結びつきを感じていると確信していたからだ。

アレックスがサンディに注意を向けているあいだにパニックから立ち直り、エンジェルは彼を観察した。彼女だけでなく、女性の大半が彼を見ていた。

皆が興味を持つのは当然だった。初めてエンジェルが息をのんだ、彼の男のオーラはいまも損なわれていない。腹立たしいことに、彼のオーラの犠牲になったのに、まだ免疫ができていなかった。

でもいまは、ホルモンの影響にすぎない彼の欲望に反応するつもりはない。彼をひと目見たときの脚の付け根のほてりは、愛情とはまったく関係のないものだ。愛情が存在すると信じるほど無邪気だったなんて、恥ずかしい限りだった。

まもなく二十歳になるころ、美術大学に入ったばかりのエンジェルは、垢抜《あかぬ》けていると友だちのあいだで評判になっていた。なぜなのか本人にはわからなかった。

〝あなたは独立心が旺盛ね〟ホームシックになった友人がうらやましそうに言ったことがある。〝それに誰とでも話ができるのね〟

確かにエンジェルは独立心があった。大学の休暇から家に帰っても、待っていたのは〈スイスの別荘で一週間過ごすように友だちに誘われました〉という母のメモと小切手とでは、独立心が旺盛にもなる。八年間に十回も転校すれば、誰とでも話ができるようになる。だが小学生にとってはつらい経験だったし、長くつき合える友人はできなかった。

周囲の評判とは裏腹に、二十歳のときのエンジェルは男性の経験が乏しく、性的な経験はないに等しかった。自信がないわけでも、潔癖性だというわけでもなかった。隠れたロマンティストだった。

それまで彼女が出会った男性の中には理想の恋人はいなかった。そして空想の中の恋人のような男性は、浮気をしている卑劣な男だとわかった。

彼女の横でサンディがまだ話しているのに、アレックスはエンジェルを見つめていた。お金と権力があれば礼儀を無視していいと思っているのだろう。気づいたときには彼に手を取られていた。

彼の手を見つめていると、頭の中でとりとめのない無数の考えが飛びかった。彼がいまも結婚指輪をしていないことに気づき、胸を締めつけられそうになった。日に焼けた手はがっしりし、長い指は先が細くなっている。手のひらがかすかに固くなっているのに気づくほど、エンジェルの感覚は敏感になっている。その固い手のひらが彼女の肌を滑るところを考えないようにすればするほど、想像はふくらんでいった。

エンジェルは目をきつく閉じた。

自制心を失ったのはほんの一瞬だったが、ずいぶん長く感じられた。彼と目を合わせたとき、答えがわかった。彼はわたしを覚えていた。

エンジェルは取り乱しはしなかった。

彼は誰かを思い出そうとするかのように眉をひそめ、それからようやく目を大きく開け、うなずいた。

「アレックス・アルロフだ」彼は頭をかしげ、彼女の手を放した。

どうして彼がこれほど傲慢だったことに気づかなかったのだろう。エンジェルは通りかかったウエイトレスのトレイからナプキンを取り、手を拭いた。

「どこかでお目にかかったことがあるかしら……」エンジェルは思い出そうとするように下唇を軽く噛み、にこやかにほほ笑んでから、ためらいを見せた。二人の過去を暴露されるのではないかと彼に心配させてやりたかった。ジャスミンがいなければ、そうするところだ。

けれど、彼は心配しているようには見えなかった。かすかにおもしろがっているように片方の眉を上げた。「いつもそうだ。すぐに忘れられる顔だから」

うぬぼれが強いのね。エンジェルは声をあげたい気分で、笑みを返した。淡青色の瞳をまっすぐに見るなり、全身に震えが走る。

エンジェルは緊張をほぐそうとした。人生は進んでいく。彼は長い人生のちょっとした引っかかりにすぎず、脅威などではない。

わたしは生きてきた。傷が完全には癒えていなくても、違った視点から物事を見ることができるようになった。間違いは犯したけれど、その間違いがジャスミンを授けてくれた。目の前の男性からの贈り物だ。彼はそのことを知らない。ジャスミンと同じく。彼に話さないといけないだろうか。

「島の生活を楽しんでいるかな、ミス……？」アレックスは片方の眉を上げ、エンジェルを見つめた。彼女の顔からは若々しい柔らかさは消えていたが、本当の美しさが表れていた。年齢と共に美しくなっていく女性なのだろう。

アレックスの口元が動いた。驚くほど官能的な、彼女が夢にまで見た口元。だが、あの日聞こえたのは、結婚している、という言葉だけだった。それを聞いてエンジェルがくじけなかったのは、ひとえに自尊心のおかげだった。彼の言葉は彼女が美しいと思っていたものをおぞましいものに変えてしまった。

　エンジェルがまばたきして気持ちを集中しようとしていると、彼が言葉を繰り返した。アレックスに寄り添っていた広告担当のポールがその質問を聞き、口を挟んだ。

「ここではみんなファーストネームで通すんです。そうだよね、エンジェル？」

　人を喜ばせようとする子犬を思い出しながら、エンジェルはポールを見た。彼を気の毒に思うけれど、もっと気の毒なのはわたしだ。まるで悪夢だった。

　呼吸するのよ、あなたはもっと悪い状態にも対処できたでしょう。

　たとえばあの日、大学の宿舎に戻ったときのように。ドアに鍵をかけ、四十分間シャワーを浴びても、嫌悪感と恥ずかしさと苦々しい幻滅を洗い流すことはできなかった。やがてみじめさに浸るのをやめ、自分を厳しく叱った。

〝どうするつもり、エンジェル？　いつまでもここにいるつもり？〟彼女は鏡についた蒸気を拭い、涙に濡《ぬ》れた顔をにらみつけた。〝あなたが夢想家なのが、それもばかな夢想家なのが問題なのよ。あなたは初めて自分を特別だと感じさせてくれる人と一緒にいたいと思った。けれど、王子さまは自分のものにはならなかった。蛙《かえる》も手に入らなかった！〟エンジェルは蛙が好きだった。〝だから、なんだというの？　愚痴を言うんじゃないのよ、アーカート〟

　当時も、そしていまも、その忠告は効果的だった。

彼女は顎を上げた。「エンジェル・アーカートよ。ここに来たのは楽しむためではなく、仕事をするためなの」朗らかに言うことはできなかったが、落ち着いて話すことはできた。彼に触れられていなければ、エンジェルは平静を保てた。大事なことは、浮気をするような卑劣な男にはもう傷つけられたりしないと示すことよ。わたしは感染症にかかり、免疫をしっかりとつけたのだ。

「ぼくたちが提供できるものを少しでも楽しんでもらえたらうれしいよ、アンジェリーナ」

まぶたが半分閉じかけた目の中にある欲望のきらめきにショックを受けてはいけない。脚の付け根に熱い火照りを覚えてもいけない。けれど、どちらもかなわなかった。

驚くことではないでしょう？　六年前、あなたはあっという間にアレックスとベッドに飛びこんだ。彼は、手ごろとかふしだらとかの項目にあなたを区分けしていることでしょうよ。彼から見れば、まさにその両方を満たしたのだから。

押し寄せる恥ずかしさを押しやりながら、全身に流れる怒りを抱き締めた。笑みを浮かべ、髪を後ろに払う。「エンジェルと呼んで。それと、ここに来たのはあくまで仕事のためですから」彼の期待を打ち砕いてやったに違いない。「きれいな家ですね」

家、彼の妻、そしてエンジェルが知っている限りでは子どもがひとり。子どもはもっといるかもしれない。十人以上かもしれない。以前には考えなかったことで、いまも考えたくはなかった。

「ここはぼくの家ではない。ホテルだ、ミス・アーカート」アレックスはそこで言葉を切った。彼女の顔は青ざめ、豊かなピンクの唇から血の気がなくなり、いまにも気を失いそうだ。「大丈夫か?」

いらだたしげな彼の声が聞こえた。その声を無視して平静を取り戻そうと、エンジェルは通りかかったウエイターのトレイからグラスをつかんだ。だが、すぐに取り上げられた。

「いい考えだとは思えないな」

エンジェルは緑の目を大きく見開き、アレックスが彼女の手から取ったグラスの中身を花瓶に捨てるさまを見やった。あっけに取られて、怒りがこみ上げてくる。信じられないことをする人だわ!

「何をするの?」その声はかすれ、弱々しかった。彼をにらみつけたまま、上唇についた汗を舌先で拭い取る。前腕を手でこすると、汗ばんでいるにもかかわらず、肌は冷たかった。

アレックスは目を細めて彼女を探るように眺め、言い争いはやめることにした。「新鮮な空気が必要だな」彼女が酔っているとわかり、失神する可能性と救急車は考えなくてよくなった。戯れるのはあきらめるしかない。ベッドではしらふでいてほしい。

アレックスは新鮮な空気が必要だと言いつづけた。あの夜は、彼女が何を必要としているかわかり、彼女に与えた。

エンジェルは背中に彼の手を感じると、体をこわばらせた。「何をするの?」

「きみは同じことを何度も言っている……。ちょっと失礼……」

アレックスの低い声に応えて、小さな集団が分かれて彼らに道を空けた。

「きみを、きみ自身から助けているんだよ」

もう遅すぎた。ここでアレックスから逃げようとしたら、人々の注意を集めてしまう。実際のところ、ドアへと歩いていると、興味津々といった様子の顔がいくつも目に入った。

外に出ると、アレックスはあたりにいたスタッフに声をかけた。すると、椅子が現れ、アレックスはエンジェルを座らせた。「少しはよくなったか?」

エンジェルはうなずき、海からの風に顔を向けた。「ここは少し暖かいのね」実際、外のほうが暖かかった。もう閉じこめられているようには感じない。めまいがおさまり、胸苦しさがやわらげば、大丈夫だろう。「ありがとう。あなたはもうみんなのところへ戻って」

3

「いいかげん、おとなになったらどうだ」

見下したような非難に、エンジェルは思わず顔を上げた。いけない！　目を閉じて、めまいがおさまるのを待たなければ。しばらくして目を開けると、唇にグラスが当てられた。飲むようにとぶっきらぼうに言われて飲んだ。

彼女は顔をそむけて言った。「もういいわ」

「どういたしまして」アレックスは彼女が濡《ぬ》れた唇に手の甲を押し当てるのを見て、その唇が彼の唇の下で開かれたときの感触を思い出した。記憶を追い払おうとすると、顎の筋肉と首の腱《けん》が浮き出て、彼女の声が聞こえてきた。〝お願い……〟

かすれた懇願の声に、こんなことをしてはいけないと戒めていた心の声はかき消され、彼は応えた。そしていま、再び同じことをしたいと思った。この女性の何かが彼の原始からの本能を刺激するようだった。

「さっきはどうしたんだ？」

過去がよみがえって動揺したのよ。「あなたが大げさに振る舞っただけよ」エンジェルは人前で気を失いそうになったとは認めたくなかった。「言ったでしょう、あれは――」

アレックスはいらだたしげに遮った。「暑さのせいではなかった」

エンジェルは彼をにらみつけた。少しでも思いやりのある人なら、暑さのせいだという言い訳を受け入れ、詮索したりはしない。「反省会をしないといけないのかしら？　少しふらついただけ。もうずいぶんよくなったわ。早く寝ることにする」

彼女は早く寝る日が多すぎるのかもしれない。そう考えても、気分はよくならなかった。長期間におよぶ退屈な関係を求めてはいないが、相手を独占するのは好きだった。

「何か理由があるはずだ」

答えを探ろうとする彼にじっと見つめられ、エンジェルはしだいに後ろめたくなってきた。

「そんな目で見ないでくれる？　犯罪者のような気分にさせられるわ。法律を破ったことはないのに」

「本当に？　何もやっていないのか？」

頭の霧を晴らそうと新鮮な空気を吸っていたエンジェルは、困惑したまなざしを向けた。ふいに彼の言う意味を理解し、顔から血の気が引いた。怒りがわき起こり、顔が紅潮した。

「まさか、わたしがドラッグの常習者だとでも？」

エンジェルが怒ると、彼は臆面もなく驚いてみせた。本当に失礼な人。

アレックスはほっとした。嘘《うそ》はついていないと直感でわかった。「大げさに振る舞う必要はない」

横柄な物言いに、エンジェルは叫び声をあげたくなった。

「ぼくはただ、医者を呼ぶ前にいろいろな可能性を排除しているだけだ」

エンジェルはぞっとして目を見開いた。「医者は必要ないし、大げさに振る舞ってもいない。あなたが侮辱したり、あれこれ質問したりしたせいよ」

「侮辱?」アレックスは黒い眉を上げた。「きみが働いている世界では……相手にちょっと手を出したりするのは決して珍しいことではないだろう」

エンジェルは嘲笑するように口元をゆがめた。「すごいわね、道徳的に優位にある安全な場所から、平気で一般論を言ったり、判断したりするなんて」

アレックスは驚いた。彼女には爪も口もある。記憶の中のセクシーで浅はかな子猫とは大違いだ。彼の引き締まった険しい顔にゆっくりと笑みが広がった。こうした変化は彼女の魅力を失わせるものではない。いっそう挑戦のしがいがあるというものだ。

彼は挑戦が好きだった。いや、かつては好きだった。最近は楽な関係に引かれた。誰かと関わり、相手を失う危険を冒し、自分の一部を失うような危険を冒す……。一度ならずそんなことをする人間は正気ではない。

「気分がよくなったようだな。本当は処方薬をのんだのかと思っていた。アルコールと一緒にのむとひどい副作用を引き起こす場合がある。ずいぶん飲んでいたからな」

この人は、わたしをドラッグの常習者呼ばわりするだけでなく、アルコール依存症とまで言っている。エンジェルは憤然として言った。「助言をありがとう」

エンジェルの目には軽蔑の炎が燃えていたが、そのうちの一部は自分自身に向けられたものだった。この独善的な偽善者が、わたしの待っていた男性だったのだろうか。彼女は苦々しげに短く笑った。わたしはそれほど若くて愚かだったの？

「念のために言っておくけれど、モデルだからといって、必ずしも品のない連中の仲間とは限らないわ。あれこれ邪推されるのには慣れているけれど。下着の広告に出ているから、手術台の上の死体みたいにじろじろ見られても平気だと思っているような男にはね」エンジェルは意味ありげに言葉を切り、彼の頬がこわばるのを見て楽しんだ。「でも、こんなにひどい侮辱は初めてよ。これも念のために言っておくけれど、清く正しい生き方についての助言が欲しくても、あなたには尋ねない。あなたは……いい人じゃないから」いい人じゃない？　ずいぶんと過激な言い方だこと、エンジェル。「あなたは臆病な鼠《ねずみ》よ！」

いかにも軽蔑したように震える声で言い終えたとき、エンジェルはふと思い出した。アレックスの険しい表情は、ひとたび眠ると穏やかになった。長いまつげがくっきりした頬骨を柔らかく見せる。傷つきやすいというのでも、優しいというのでもなく、それ以上の何かが、みぞおちのあたりに震えるような感覚をもたらした。エンジェルはその感覚をどう呼んでいいかわからなかった。

アレックスは怒りをのみこんだ。鼻孔が開く。威勢がいいのは好きだが、何事にも限度がある。「その主張の根拠は？」

「臆病な鼠だという根拠？」エンジェルは彼を弱々しい動物にたとえたことを後悔した。たとえるとしたら、彼は狼《おおかみ》だ。鋭い目に引き締まった細い体、危険な身のこなし。

「鼠とは新聞で酷評されるような人物のことだと思っていたが、〃いい人じゃない〃と断言されると、さすがに傷つくな」アレックスはからかうように言った。いい人と見なされなくても、生きてはいける。

「誰とでも関係を持つ既婚者をなんと呼べばいいのかしら？　はっきり言っておくわ。近ごろは、わたしとベッドを共にするためには、わたしを必要としていると言うだけではだめなの」

六年は長く、人は変わるが、なんだこれは……。「警告をありがとう」アレックスはまったく動揺することなく言い足した。「何が必要なのかな？」

エンジェルは首を振って聞こえないふりをした。たいしたものはいらないと口先まで出かけていた。彼に触れられたとたん、恥ずかしげもなく、彼こそ自分のモラルの弱点だと認めてしまったも同然だった。ひどくショックを受け、起こった現象に名前をつける気にもならなかった。〝パニック発作〟というものがあるけれど、それはいまわたしの身に起こったものとは違う。

「最近は、どうすればきみをベッドに連れていけるんだ?」それが何にせよ、努力する価値はある。アレックスがこれほど女性に渇望を覚えたのは久しぶりだった。

「変ね、あなたはわざと攻撃的になろうとしているの、それとも生まれつき?」

「質問に答えていない。いや。答えなくていい。自分で考えよう。教えてもらうより、満足できる」

エンジェルの顔が赤らんだ。「うまくいかないわよ」

「よく言うじゃないか、到着地のない旅はないと」アレックスは努力をして答えを見つけ、あらゆる喜びを引き出すつもりだった。彼女の温かい体に我が身を沈め、我を忘れたいと強く願った。

エンジェルは軽蔑のまなざしを向けた。「あなたは人の話を聞いているの?」

彼は眉を上げ、おもむろに笑みを浮かべた。黙ったまま、彼女の頭の後ろに手を当て、彼女の顔を彼のほうへと向けた。キスは思いがけないほど激しく、しっかりと唇を合わせたまま、彼の舌が滑りこんできた。エンジェルは全身が熱くなるのを感じると同時に、低い野性のうめき声を聞いた。

キスが終わり、なんとか重いまぶたを上げると、燃えるような青い目と視線がぶつかった。めまいがして足がふらつき、恐ろしさに息をのむ。一歩、二歩とあとずさりしたものの、エンジェルはなんとか踏みとどまり、その場にじっと立っていた。

「本当の話をか？」

エンジェルはまるで悪夢から覚めたように、彼の顔をじっと見つめた。自己嫌悪の塊をのみこみ、腫れた唇を手で拭う。わたしの自尊心はどこに行ったの？　プライドは？　彼に触れられると、自分を失い、自分の行動が予測できなくなってしまう。

エンジェルは大きく息を吸った。取り乱したりはしない。彼はわたしとベッドに行きたがっている。でも、そんなことはしない。たいしたことではないように振る舞い、わたしも同じようにできると思っている。残念なことに実際は手足が震え、体の奥が熱くなっていた。頭ではどんなに抵抗しようと思っていても。

「あなたは」彼女は軽蔑したように言った。「たとえ真実に嚙《か》みつかれても、気づかないでしょうよ」よく言うわ。彼に娘がいると言えないどころか、またキスを仕掛けられても抵抗できそうにないのに。視線を下げると、彼のかすれた笑い声が聞こえた。

「本当は、ぼくはボディランゲージのほうに関心がある」特に彼女のような官能的ですばらしい体を相手にしたときには。「言葉は嘘をつく……。だが隠すことができないものもある」

エンジェルはさっと顔を上げた。「何も隠そうとしていないわ」そう口にした瞬間、黙っていたほうがよかったかもしれないと悟った。

「たとえば、きみの瞳孔は大きく開き、いまは小さな輪になった。それにキスがとても上手だ」

彼の観察が首より下に向かない限り対処できる、とエンジェルは思った。「キスは難しくないわ。キスは……反射行動にすぎないから」

彼は眉を上げた。「それは初耳だな」

その気取った物言いにかっとなり、エンジェルは言い返した。「ボディランゲージを知っているんでしょう？　だったら、これをよく見て」エンジェルは自分の顔を指した。血の気がなくなり、冷ややかな表情を浮かべていた。「部屋の中で気分が悪くなったのは、あなたを見て、自慢できない出来事を思い出したからよ。深く恥じているわ」

「それはきみの問題だ」アレックスには恥ずかしさも後ろめたさもなかった。それらは彼女が耐えるべきもの、間違いの代価として支払うべきものだ。

エンジェルは大きく息を吸った。「あなたはわたしを別の女に変えたのよ」気がつくと、ささやくような声になっていた。「わたしが絶対になりたくなかった――母のような女に！」

アレックスの顎がこわばったが、すぐに怒りは消えた。彼はボディランゲージを読むのが得意だったが、彼女のエメラルド色の目に浮かんだものがショックだと理解するのに、そんな能力は必要なかった。

エンジェルは母親の問題を抱えているのか？　彼の問題ではないし、問題を解決するために手を貸すつもりもない。もっと詳しくききたいと思う自分らしくない衝動を、彼は抑えた。

六年たって、ようやくそこまでわかったのね、エンジェル。どうしていままでわからなかったの？「まあ、大変《マードレ・ディ・ディオ》」からかうように言い、小さく笑う。

そのかすれた叫び声が彼の注意を引いた。「きみはイタリア人か？」

エンジェルはしばらくして我に返った。「半分ね」詳しくは説明しなかった。ずいぶんしゃべりすぎてしまった。

ラテン系ということであれば、黄金色に輝く肌と、おそらくは気性の激しさの説明にもなる。もしアレックスがそう口にすれば、一般論を言っていると彼女は批判するだろうが。

「歴史を書き直す話は聞いたことがあるが、直接見るのはこれが初めてだ。きみは被害者のように振る舞っている。ぼくが覚えているきみは、ぼくと同じように積極的だった。だから、怒ったバージンのように振る舞うのはひどいな」しかし驚いたことに、エンジェルはまるでバージンのように顔を赤らめた。淡い黄金色の肌が薔薇《ばら》色に染まっている。「一夜だけの関係を持った男と出会うのはこれが初めてではないだろう？」

エンジェルは彼から視線をそらし、侮辱に耐えた。もっとも彼は侮辱するつもりで言っているのではない。道徳的な判断ではなく、わたしがどういう人間かを指摘しているにすぎない。彼に本当のことを話すより、いまのままのほうが楽だ。

〝わたしがベッドを共にした男はあなただけよ〟そう打ち明けたら、彼はどうするだろう？　信じられないと言う彼の顔を思い浮かべ、笑いそうになった。あるいは、エンジェルが何度も自問したことをきくかもしれない。なぜぼくなんだ、と。

自分でも理解できないことをどうして説明できるだろう？

彼と目を合わせるや、体の中が震えた。「あなたのような人とは初めてよ」お世辞と受け取られないように冷ややかにつけ加えた。「わたしを安っぽい女になったような気にさせた人とはね」しゃべりすぎたと感じ、目をそらしたせいで、彼の顔に浮かんだ表情を見逃した。視線を彼の顔に戻すと、無表情になっていた。「わたしはただのモデルかもしれないし、あなたにはドラッグを常習する身持ちの悪い女に見えているのでしょうけど」深々と息を吸い、怒りを抑えようとした。「でも、結婚している男とは寝ないのよ！」

「いまは結婚していない」

わたしの気分をよくしようとして言ったの？　あるいはベッドに誘うための嘘？　知りたくないとエンジェルは思った。ただ彼から離れたかった。

「驚くことではないわ。奥さんがあなたからしっかりお金を取っているといいわね……」

「妻は死んだ」

ぶっきらぼうに放たれた言葉に、エンジェルは息をのみ、自分がひどい女だと感じた。足元をすくわれたようだというのは、こういうことだ。屈辱に頰が赤らみ、やがて血の気が引いていった。

「まさか!」いったいほかに何が言えるだろう?

エンジェルが何か言う前に、先ほど椅子を持ってきてくれた制服姿の従業員が、今度はコーヒーのポットとカップを運んできた。アレックスがうなずくと、テーブルに置いた。従業員はギリシア語で話し、アレックス・アルロフもギリシア語で答えた。

エンジェルの頭の中で疑問がわき上がっているあいだに、彼はコーヒーをつぎ、一つを彼女のほうへ押しやった。彼は奥さんを愛していたのだろうか? 妻を愛している男性は浮気はしない、とエンジェルは思っていた。

「砂糖は?」

エンジェルは自分がコーヒーを混ぜていることに気づいていなかった。音をたてて皿にスプーンを置き、首を横に振る。「いらないわ」

アレックスは誰とでもベッドを共にした。そういう男もいるし、浮気を我慢する女もいる。エンジェルには不思議だった。実のところ、嫌悪を覚えた。しかし、結婚は人によって違う意味を持っている。

「ごめんなさい、奥さんのことは知らなかったから。知っていたら、さっきみたいなことは言わなかった」偽善者のように聞こえるかもしれないと思い、急いで言い添えた。「たとえ本当でも」

彼の妻は何も知らずに幸せな人生を送ったのだろうか。それとも、見て見ぬふりをしていたの？　あるいは知っていて屈辱に耐えていたのかもしれない。

彼の貴族的な横顔から目をそらし、女性にもてる男性と結婚するのは地獄だろうと思った。

エンジェルにとって、結婚という選択肢はありそうになかった。最近では、一緒に暮らすことも別れることも簡単になったが、二人の関係を公的なものにするのは子どもを育てたいからだろう。

わたしがこれ以上子どもを持つことはない。一時は、どうしてわたしがこんな目に遭うのかと自己憐憫《れんびん》にさいなまれた。

でもいまは現状を受け入れていた。彼女と結婚する男性を想像することはできなかった。ジャスミンが好きになるすてきな男性、何も要求しない男性との将来を考えないわけではない。激しいセックスがなくても生きていけるけれど、抱擁と安定はいいものだ。子どものころ、退屈な安定を強く願ったことを覚えている。退屈だと愚痴をこぼした友人たちがうらやましかった。

彼女の表情を見たアレックスは、憂いに満ちたまなざしで何を考えているのだろうと思い、そんな自分にいらだった。彼女とベッドに行きたかったことを思い出してもいいころだ。彼女がどういうつもりかわからないが。

「話に水を差してしまったようだな」

物思いにふけっていたエンジェルは、はっとして目を上げた。「気を悪くしたのなら、ごめんなさい」エンジェルはコーヒーに目を落としたが、ふいにその顔を上げた。興味を示すまいという決心は、結局は好奇心に屈してしまった。「その……奥さまが亡くなったのは最近のことなの？」

「いや」

アレックスはそれ以上話さなかった。エンジェルはカップの縁越しに彼を見た。「ひとりで子どもを育てるのは大変でしょうね？」彼の返事に特に関心がないように装って、さらに尋ねた。

ジャスミンはひとりっ子なのだろうか。それとも母親違いのきょうだいがいるのかしら？　きょうだいがいないことでは、ジャスミンに後ろめたい思いを抱いていた。相手の存在を認め、互いに面倒を見ることができるきょうだい。もしわたしがいなくなったら……。体の中が震えた。何も起こらないし、もし何かあったら、そのときのための手配はしてある。でも、その中に父親は入っていない。

彼が娘の存在を知ったとしても、娘との関係を求めないかもしれない。それに彼がいないほうが人生は単純だ。エンジェルは刺すような痛みを覚えた。単純かどうかの問題ではない。大事なのはジャスミンにとって何が最善かだ。ジャスミンの人生に父親がいることが最善なら、そうなるように全力を尽くすだろう。彼の言うとおりだ。わたしは犠牲者ではない。わたしが彼の気を引こうとしなければ、何も起こらなかったのだから。

エンジェルはこめかみを指で押した。答えのない質問が頭の中で渦巻き、頭が破裂しそうだった。彼に娘のことを話すまでは、彼女が求める答えは得られないだろう。

「子どもはいない」

子どもはいずれ作るつもりだった。いつでもできるだろうとアレックスは思っていた。だが、またたく間に時間はなくなった。エマは急速に進む病気を甘んじて受け入れようとしたが、彼女の自制心はやがて深い憂鬱へと変わり、怒りっぽくなって彼を非難するようになった。ついには、彼が部屋に入っていくと顔をそむけるようになった。

医者は同情し、感情の転移だと説明した。妻は病気を隠したまま結婚したことで罪悪感を覚え、その罪悪感を彼に転移しているのだという。やがて医者の予測どおり、転移の時期は終わったが、アレックスにとっては、その後のほうがつらかった。エマは罪悪感に取りつかれた。二人に残された貴重な時間は彼女の罪悪感に支配された。

エンジェルは視線を落としたが、その前にアレックスは彼女の目に光るものを見た。

「感情移入はやめてくれ。ぼくは同情されてセックスをするようなことはしない」

エンジェルは驚いて目を上げた。そこに涙はなかった。「あなたは本当に下劣になれるのね」彼女は言い返したが、すぐに後悔して言葉を添えた。「奥さまのことは心からお気の毒に思うけれど」

「ぼくは下劣な鼠だ。わかっている」アレックスから緊張が消え、嘲るように笑った。「ぼくはきみの期待どおりになるのを楽しんでいる。安心していい。悩みを聞いてくれとは言わないから」だが、温かい胸に頭を置くのはかまわないだろう。彼女の胸は上下し、深い谷間が輝くように見えた。

「悩みを聞こうとしたんじゃないわ。それに何も期待していないし」

「だが好奇心は持っている」

図星だったので、エンジェルは目を合わせることができなかった。

「困ることはない。みんなが知りたがっている。実際にきく者はほとんどいないが。死は人が避けてとおる話題だ。エマは多発性硬化症がもとで命を落とした。たちが悪く、進行が速かった」

彼の客観的な話しぶりに、エンジェルはただ驚くばかりだった。知らない人の人生を語って聞かせているようだった。

「子どもがいないのは幸運だった」彼は冷笑を浮かべた。「今度はきみの番だよ」

エンジェルは彼が同情を拒否したことはわかった。しかし、ともかくも同情した。彼と同じ状況にいる人には、同じように同情しただろう。

「ひとりいるわ」ジャスミンが存在していないふりはできない。

彼が体をこわばらせた。「たいていの国では、みんな一度はそうなるんだな」その冗談は彼自身にはね返るようだった。どうしてエンジェルは結婚していると言わなかったんだ？

なぜおまえはその可能性を考えなかったんだ、アレックス？

「子どもがひとり？　だが、指輪をしていないな」彼はだまされたように感じていた。

不意に風が吹き、エンジェルは髪を手で押さえていたが、その手を下ろしてじっと見た。顔に張りついた髪を息で払い、その手を返す。宝石に関する限り、エンジェルは質素なほうがいいという考えだったし、仕事中はめったに指輪はしなかった。手を首に当てた。そこに印章つきの指輪がついた鎖をかけていた。城のあるスコットランドの地所は兄が継ぎ、エンジェルは指輪だけもらった。兄が申し訳ないと思うほど、エンジェルは腹を立てなかった。

「どうして指輪をしないといけないの？　夫がいないのに。娘はいるけれど」

彼女に夫がいると聞くより驚きは少なかった。首の鎖に触れている彼女の指に目をやり、彼女の胸の谷間におさまっている指輪に初めて気づいた。

「赤ん坊がいるのか？」アレックスは彼女のほっそりとした体に視線を落とし、激しい欲望を覚えた。

話すのにこれほどいい機会はない。どうして話さないの、エンジェル？　わたしたちの赤ん坊よ、と。その爆弾発言に彼がどう反応するか、彼女は想像もできなかった。

「もう赤ん坊ではないわ」エンジェルの顔がやわらいだ。ジャスミンはとてもかわいい赤ん坊だったけれど、寝てくれたら、もっとかわいさを楽しめただろう。最初の一年半ほどは睡眠不足でぼんやりした状態で過ぎてしまった。

「だが、まだ幼くて、きみはシングルマザーというわけだ」指輪は大事なものだろうか？　父親の形見とか？

たちまちエンジェルは反感を抱き、顎を上げた。育児能力の話になると、肩をすくめ、善意の助言を笑顔で受けることができた。しかし、娘の父親の不在に対する批判は、受け入れることができなかった。

「ええ、そうよ。だけど、娘の育児についてはあなたには関係ないでしょう」エンジェルは言い返しながら、状況はすぐに変わるかもしれないと思った。彼が娘のことを知ったら、口を出す権利があると言い出すかもしれない。そう思うとぞっとした。

アレックスは彼女のけんか腰の物言いに驚き、なだめるように両手を広げた。エンジェルは彼の手の動きを目で追った。美しい手だ。

「育児についてはよくわからないんだ」

エンジェルの上がっていた肩が下がり、緊張を解こうとしているのがわかった。笑みはこわばり、視線を合わせようとしなかった。「それでも、たいていの人は助言しようとするわ」

「父親は関わっているのか?」

エンジェルは彼の顔を見ることができなかった。膝が震えたが、幸い座っていた。「いいえ」

「大変だろうな?」

彼の言うとおりだけれど、エンジェルにはほかに方法がなかった。眠れない夜が幾晩続いたかしれない。「なんとかやっているわ」

「きみならできるだろうな」

今度もエンジェルはまともに受け取ることができなかった。「働くシングルマザーが何もかも手に入れられるとは思っていないわ。ただ、何もかも欲しいとも思っていない」

彼女の挑発的な言葉は、すべてが欲しいけれど、手に入れることができない、と語っている。手に入らないいちばんのものは父親だろう。おそらく既婚者だ。女性の中には手に入らない男に惹《ひ》かれる者がいるが、彼女もそのひとりなのか?

「何よりも欲しいものは誰にでもある」そして目下のところ、アレックスが欲しいのは、目の前にいる黒い髪と緑色の目をした女性だ。彼女の体を覆い、彼女の中に入りたかった。欲望が達せられるまでは、一瞬たりとも心の平和は得られないだろう。

彼の目を見て、エンジェルは彼が欲しいものが何かを考えるのはやめた。青い目に浮かんだ表情はあからさまで、みぞおちに衝撃を覚えた。

エンジェルは立ち上がった。「コーヒーとおしゃべりをありがとう。でも、もう大丈夫よ」

「バンガローまで送っていこう」

エンジェルはイエスと答えたがっている自分に気づいて、ぞっとした。髪を後ろに払い、冷ややかな声で応じる。「その必要はないわ。パーティに戻るから」人がいっぱいの部屋はそう悪いものには思えなかった。ひとりで物思いにふけりたくなかった。

「きみの気休めになるかどうかわからないが、妻のエマはぼくがきみとベッドを共にした数週間前に亡くなっていた」

エンジェルはその場に立ちすくみ、かぶりを振った。「気休めになると思っているの？」

アレックスはそう思っていたが、どうやら間違っていたらしい。「きみには知る権利があると思ったんだ」彼には自分の言葉が不適切だとも、横柄だとも思えなかった。

「でも、母のようになってしまったと六年間も苦しんできたのよ。どうして結婚しているだなんて言ったの？」

「ぼくは言っていない。きみがそう思っただけだ」

「あなたは正さなかったわ。なぜ？　ああ……」わかったわ、と彼女の目が言っていた。

「できるだけ早くわたしを追い払いたかったのね？」

「騒ぎたてるのは嫌いだ」

エンジェルは大きく息を吸った。「パーティに戻るわ。あなたのパーティだからあなたが戻るのは止められないけれど、もしわたしを困らせるなら、ホテルの経営者に報告するわよ。誰が困惑しようとかまわないわ」

ぼくではないとアレックスの表情が語っていた。

「経営者を代弁して言わせてもらうと、ぼくたちはすべての苦情を真剣に受け止める」

「ぼくたち？」エンジェルは首を振った。「このホテルはティアキス・グループのものよ」

彼の口元がゆがむのを見て眉をひそめた。「いったい何がおかしいの？　わたしが経営者に言うとは思っていないのね？」

「きみなら軽率な脅しをやり通すだろう。だが、その前に説明しておくと、ぼくの祖父はスピロス・ティアキスだ。ぼくはティアキス・グループの一員だ。だから、ぼくたちはすべての苦情を真剣に受け止めると保証できるんだ」

呆然《ほうぜん》とするエンジェルを残し、アレックスはそれ以上は何も言わず、一度も振り返ることなく反対方向へと歩き去った。

4

エンジェルはもう一時間パーティ会場で過ごしてから部屋に戻ったが、そのときには本格的な偏頭痛に苦しめられていた。だからといって、ベッドの中で今夜の出来事を思い返すつもりはない。なんとか吐き気をこらえて、いつも持ち歩いている薬が効いてくるのを待った。

だが、エンジェルは戻してしまった。夜の半分をバスルームで過ごし、ようやく這《は》ってベッドに引き返して眠りに落ちたときには、四時を過ぎていた。

その結果、メイクアップに長い時間を要したが、広告の撮影では普通のことなのだろうか？　カメラの前に出ていくと、経験のなさをひどく意識した。

わたしに失敗してほしいとは誰も思っていない、とエンジェルは自分に言い聞かせた。もちろん、失敗すればおもしろがる人もいるだろう。だが、エンジェルはしくじらなかった。午前中の撮影はうまくいったが、拷問と思えるほどゆっくりとした撮影だった。

共演スターと呼ぶのが正しいかどうかわからないが、彼女は相手役を演じる俳優、クライヴにそう話した。

「ぼくみたいに編み物を始めるといいよ」彼が勧めた。

「ランチにはどれくらい時間を割けるのかしら?」

「ぼくの乏しい経験から言わせてもらえば……」

エンジェルは笑えなかった。クライヴには謙虚なところなどないのだから。

「わかったよ、ぼくの経験は乏しくない」謙虚ではないかもしれないが、彼にはユーモアのセンスがあった。「今日の仕事は終わりだよ」

彼の言うとおりだった。

エンジェルは島とホテルのビーチを隔てる狭い海峡が安全だと知っていた。だから、船に乗るのを断って、短い距離を泳ぐことにした。そのことをクライヴに告げると、彼はエンジェルが本を読んでいたときと同じ質問をした。

「楽しみのためかい?」

クライヴが大学院の学位を持っているのを知っていたエンジェルは、彼が決して仕事を忘れず、かわいいけれどぼんやりした、私立学校に通う少年の役を四六時中演じているような気がした。

濃い青緑色の海は温かかった。泳ぎの得意なエンジェルは浜辺から二百メートル足らずのところで立ち泳ぎを始め、浜辺にいる人たちを見てから、仰向けに浮かんだ。

ジェットスキーの金属音が聞こえてきたので、頭を上げると、ふくらませた浮き袋に乗った子どもが遠くへ漂っていくのが見えた。次の瞬間、子どもは浮き袋から落ちた。あいにくそこはジェットスキーの通り道にあたる。

すぐに二つのことがはっきりした。子どもは上手に泳げず、もう一つはジェットスキーの操縦者には子どもが見えていないことだった。

エンジェルが叫ぶと海岸にいる人たちが気づき、何人かが海に入った。しかしジェットスキーに乗っている人物はまだ気づいていない。子どもにいちばん近いのがエンジェルだった。

彼女は息を切らしながら力強いクロールで子どものところまで行くと、子どもを浮かせようとした。すると、子どもは浮き袋を離し、彼女の首にしがみついた。エンジェルは息も吸えずに水中に引きこまれた。ようやく子どもと一緒に海面に顔を出したとき、ジェットスキーが向かってくるのが見えた。

エンジェルはしがみついてくる子どもをしっかりと抱き寄せ、目をつぶった。そして、目を開けたとき、二人はまだ生きていた。最後の瞬間にジェットスキーに乗っていた男性が二人に気づいたのだ。

彼は急ハンドルを切り、二人にまともにぶつからずにすんだ。エンジェルの肩をかすめたが、当人は浮いているのに必死で、まったく気づいていなかった。子どもは彼女の首にしがみついて絞めつけていたし、おまけにジェットスキーがすぐそばを通ったせいで錯乱状態になり、脚をばたつかせはじめた。

しかし、ほどなくモーターボートがそばに止まり、子どもを引き上げてくれたので、エンジェルは心からほっとした。

「ありがとう」彼女がつかんだ手の主を見たとき、笑みがかすかに揺らいだ。顔は逆光で陰になってよく見えなかったが、それが誰かは明らかだった。

エンジェルはよろめきながらボートに乗りこみ、這うようにしてベンチに座った。

「大丈夫か？」

「ええ」

エンジェルは嘘《うそ》をついたものの、〝動くな〟という彼の厳しい声に力なくうなずいた。動きたくても、動けなかった。

アレックスはその見え透いた嘘に応える自信もなく、耳元で叫んでいる男の子とも張り合わないことにして、海岸に着くまで沈黙を守った。

「ママに会いたい」

「早く来てほしいものだな」

エンジェルは驚いた。「そんな意地悪な言い方をしないで。それでなくても動転しているのに」

動転しているのはぼくだ！　エンジェルがジェットスキーに向かって泳ぐのを見たせいで寿命が六カ月は縮まった。どう見ても彼女は三十歳まで生きられないだろう。

「動転しているのは言われなくてもわかる」アレックスは言い返した。片手で子どもを抱き、もう片方の手でボートを操縦していた。いらだたしげな視線をエンジェルに向けて怒鳴る。「じっと座っているんだ。ボートから落ちたら溺れてしまう。こんなに向こう見ずで愚かな行動は見たことがない。ぼくが見るたび、きみは自殺を図っているじゃないか！」

エンジェルが彼の不当な非難に反論する前に、彼はエンジンを切り、浅瀬を歩いてきた人たちが子どもを母親のところへ連れていこうとして腕を差し出していた。

ホテルのロゴがついたポロシャツにライフセーバーの帽子をかぶった若い男性がボートに乗りこみ、アレックスと話をしたあと、ハンドルを握った。

アレックスはシャツを脱ぎ、ボートの端から海に飛びこんだ。ボートの下に姿を消してから、海岸の側から現れた。彼のウエストまでの深さだ。

髪を後ろに撫《な》でつけたアレックスは、さながら男性向けの健康雑誌の表紙を飾るモデルのように、目を細めてエンジェルを見上げた。「マリーナまで送ってほしいか、それとも……」彼は手を差し伸べた。

エンジェルは軽蔑したような顔で彼の申し出を断ったが、海に入ったとき肩に痛みを感じ、プライドなど捨てればよかったと思った。

エンジェルが子どもや母親のまわりに集まっている人々から少し離れた海岸に着くと、アレックスの姿が見えた。もちろん彼は第二の天性であるリーダーシップを発揮していた。危機に直面したときに人々が当然のように頼る人物であり、彼の得意とするところだ。彼はみんなをなだめ、落ち着かせ、指示を出した。

不思議なことに、それまで取り乱していなかった子どもの父親が、アレックスを見て安心したように涙を流しはじめた。その時点で彼の妻は泣きやみ、注目を集めて楽しんでいた息子を叱りつけた。

「もしあの女の人がいなかったら……なんて勇気があるのかしら」

誰かが手をたたくと、連鎖反応が起こり、みんなが拍手した。

アレックスに注意を向けていたエンジェルは、遅まきながら人々の視線に気づき、その勇気ある女性を見ようとあたりに目をやり、ようやく自分のことだと理解した。ああ、大変！

願ってもないときに、ジェットスキーを操縦していた男性が岸へと歩いてきた。エンジェルは人々の注意がそれたのを幸いに、岩場へと向かった。岩場の向こうには小さい静かな入り江がある。肩越しに人々のほうをちらりと見てから、海の中を歩いて、岩場の向こう側の入り江へと下りていった。

小さな入り江には誰もいなかった。エンジェルはほっとため息をつき、砂の上に倒れこんだ。まぶたを閉じて強烈な真昼の太陽を遮る。手足を伸ばすと、体が震えていることに気がついた。

エンジェルはじっと横たわり、震えが去るのを待った。昨夜からの偏頭痛はまだ続いていたが、おさまりつつあった。

彼女が立ち去るのを見たのはアレックスだけだった。怪我《けが》をした動物が傷を癒やすために逃げ出したようだと思うと、ひどく腹が立った。彼女には自衛本能があるようだ。

アレックスは岩場をよじ登って入り江に向かった。この時間になると入り江に人はいない。エンジェルが海の中を歩いたとき、水面はすでに腰のあたりに達していた。あと十分もすれば広いほうの浜辺から切り離されてしまうだろう。ホテルに戻るには、泳ぐか、松林を歩くしかない。

アレックスは砂浜に横たわっているエンジェルを見つけて歩きだしたが、彼女の胸がビキニの黒いトップを押し上げているのを見て足を止めた。

アレックスは優しい心遣いをするようにはしつけられておらず、繊細さと忍耐強さが欠けていた。それでもエンジェルのそばに行き、彼女を見下ろしたときには、怒りが消えていった。拍手喝采が自分に向けられたものだと気づいたときのエンジェルの顔を思い出す。

あんなふうに拍手をされ、英雄だと賞賛されたいと、たいていの者は思う。だが彼女は驚き、恐怖を覚えたようだった。彼女をみんなの前に引き出せば、申し分のない仕返しになっただろう。しかしこっそり逃げ出したときの怯《おび》えたような顔を見たら、意地の悪い衝動は抑えるしかなかった。

横たわっている彼女はすばらしくセクシーに見えると同時に、ひどく傷つきやすそうに見えた。

「大丈夫か?」アレックスは心配そうにきいた。

彼が声をかける前に陽光が遮られていたので、エンジェルは驚いて飛び起きたりはしなかった。ボートに乗っていたときの彼の不当な指摘にまだ腹が立っていた。彼の顔にはいらだちが浮かんでいるだろう。きっと腕時計にでも目をやり、またこの女だ、と思っているに違いない。

エンジェルは肘をついて体を起こしたが、視線は上げなかった。「大丈夫よ」赤いペディキュアをした片方の足で、もう片方の足の砂をこすり落とす。

彼はエンジェルの頭のてっぺんを見ながら思った。彼女の〝大丈夫よ〟という言葉がなぜ〝立ち去れ〟と聞こえるのだろう、と。彼女の才能だ。アレックスは立ち去りたくてたまらなかった。もし彼女が病院に行くと決めているなら、止めたりはしない。

エンジェルはアレックスが彼女の横にしゃがもうとしたことに気づかず、体を起こして座りかけた。その拍子に二人の頭がぶつかりそうになり、エンジェルははっと息をのんだ。アレックスは上半身をかがめてしゃがんだが、彼との距離はあまりにも近かった。

まだシャツを着ていない彼はまさにセクシーな海賊だった。エンジェルはたくましい胸から目を離せなかった。

「大丈夫よ」そう言いながらも、これほど大丈夫でなかったことは珍しいとエンジェルは思った。

「繰り返し言えば本当になると思っているようだな」アレックスはいらだたしげに言った。

「本当だもの」ピンクの下唇を噛《か》み、ようやく視線を上のほうへと向けた。彼は怒っているようには見えなかった。心配しているようだ。エンジェルはほっとするどころか、困惑して胸がどきどきした。

さまざまな感情が胸の内で絡み合っていたが、怒りは消えた。怒りがなくなると、妙に無防備になったように感じた。彼の気遣いにどう対応していいかわからなかった。

ふざけないで、エンジェル。どうしていいかわからないなんて！

アレックスは娘の父親でありながら、まったく知らない人でもある。解決策の一つは彼を知ることだ。彼はここにいる。怒鳴るのはやめて、話をするのよ。ついけんかを仕掛けてしまうのは、彼にジャスミンの話をするのを遅らせたいからだろうか？

「本当に大丈夫よ。騒ぎから逃げたかっただけ。男の子はどう？」

「平気な顔をしていた」アレックスはそっけなく言った。「それどころか、写真の撮影用にポーズをとっていた……。どうした？」

「なんでもないわ」

「いま、きみはたじろいだ」

エンジェルはいらだたしげにため息をついた。「頭痛がするだけ。なんでもないわ」彼女は横を向いた。肩に傷がついていなかったので、ほっとする。

アレックスは歯を食いしばった。まるでぼくのせいだと言わんばかりの口調だ。「見せてくれ」

エンジェルは顔をそむけた。「どこも傷ついていないわ。頭痛がするだけよ」

「頭痛であざはできない」

彼の長い指が彼女の濡《ぬ》れた髪を額からどけると、エンジェルは大きく目を見開いた。胸がどきどきし、しだいに熱くなる。彼女は急いで体を引いた。

あざのできた肩に痛みが走った。

「ひとりにして」

彼女の好戦的なエメラルド色の目はアレックスをなじり、彼女の言葉は彼を失望させた。

ひとりにしてくれだと！

ぼくの知ったことではない。きみをひとりにはしない。六年前も、そしていまもできない。見た瞬間からエンジェルが欲しかったし、欲望は衰えるどころか、ますます強くなっている。彼女がどんなに腹立たしく、あまのじゃくであっても、欲望は冷めない。

そばにいるだけで、自制心が失われる。彼女が事故に巻きこまれた直後であっても、この欲望からは逃れることができない。いや、欲望には対処できる。だが、感情的な反応をぼくから引き出す彼女の能力は認めたくないし、まして対処などできない。

「頭痛だけですんで、きみは幸運だ！」

エンジェルは彼の新たな非難に傷ついたものの、自分が弱くなったような感じを吹き飛ばすことができた。「叫ばないといけないの？」眉間にしわを寄せて問いかける。「ちゃんと聞こえているわ」

アレックスの顎がこわばった。彼女がジェットスキーと子どものあいだに入ったときの記憶がよみがえり、怒りが大きくなる。「自分の行動の結果について考えたことはあるのか？」

この六年間のわたしの暮らしが二人の行動の結果だ。「わたしは結果を受け入れるわ」エンジェルは淡々と答えた。「あなたはどうなの？」

アレックスは皮肉たっぷりの言葉を無視した。エンジェルの顔に浮かぶ恐怖には気づいていなかった。「ぼくの話をしているんじゃない。きみの売名行為について話しているんだ」

「売名行為ですって！　わたしがお膳立てをしたと思っているの？」

アレックスは決してそんなふうには思っていなかった。「いや、訂正する。それだけの頭があるとは思わない」うんざりした口調でつけ加える。「きみは跳ぶ前に考えないのか？」

エンジェルはたぎる怒りを目に浮かべて、にらみつけた。「そうよ、考えなかった。いつもそう！」ばかにしたように言う。「考えていたら、立ち去るために結婚していると思わせるような利己的な嘘つきを相手に、無駄に純潔を捨てたりしなかったわ」

エンジェルは彼の顔に浮かんだ表情を消そうとするように目を閉じた。アレックスは驚いただけでなく、誰かに拳銃を突きつけられ、狙い撃ちにされたような顔をした。

彼女が発した言葉は宙にとどまり、心臓の鼓動と共に意味の重さを増していった。残念ながら、言葉を取り消すことは不可能だ。またやってしまった。最悪のタイミングで、わたしは本当のことをしゃべってしまった。

エンジェル、愚かにもほどがあるわ。〝年を取るにつれ人は賢くなる〟というけれど、その古いことわざが間違っていると証明してしまうなんて。

5

「きみは……いや、バージンではなかった！」アレックスは口で否定しながらも、頭の中ではあのとき気がつかなかった自分が信じられなかった。

「もちろん違うわ。何を言っているの？　趣味の悪い冗談よ」

エンジェルは目を閉じた。固く閉じれば、何も見えなくなると思っている子どものように。

「いや、違う。バージンだった」アレックスは手で髪を梳《す》き、立ち上がった。そして彼女を見下ろした。「きみはバージンだった。だが、きみの振る舞い方ときたら……」

「なんなの？」エンジェルも立ち上がった。

アレックスは彼女を見つめ、かぶりを振ってうめいた。「まったく！」

エンジェルは肩をすくめ、自分の体に腕をまわした。午後の日差しを浴びているのに寒気がした。ショックのせいだろう。瓶から精霊が出てきてしまった。明るみに出た事実はもう取り消せはしない。できることはただ一つ、たいしたことではないと思うことだ。

「大げさに騒ぐのはやめましょう。女の子はいつか失うものよ」

「くだらない冗談の種だとでも思っているのか？　大事なことだ。ぼくにとっても、きみにとっても大事なはずだ」アレックスはエマの最初の恋人ではなかったが、そんなことは彼にとって重要ではなかった。男の中には経験のない者に教えたがる者もいる。それでもアレックスにとっては避けたいことだったし、実際に避けてきたと思っていた。

「とっくにすんだことを笑って、あなたの気を悪くしたのならごめんなさい。でもずいぶん前のことだし、人生は前に進むのよ」とはいえ、ときおりずいぶん前のことで驚かされることはある。今日はアレックスの反応の強さに驚かされた。顔がまだ青白い。「誰にでも最初はあるし、問題が多いのは二度目らしいから」エンジェルは咳払《せきばら》いをした。ありもしない二度目の経験に触れたことが悔やまれる。

「どうしてぼくに話さなかった？」アレックスは大きな声を出した。

エンジェルには彼の憤りが理不尽に思えた。「話していたら、違いはあったのかしら？」

アレックスは口を開け、また閉じた。いい質問だし、違いがあると思いたかった。しかしあの日の彼は、そんなことは考えもしなかった。

「残忍な獣のような気分にさせられるのは不快だ」

不快ですって！「犠牲者のように感じさせて申し訳ないわね。でも、それこそわたしが受け入れなければいけない責任なのよ」

エンジェルの心にもない言葉に、アレックスの彫りの深い頬が赤らんだ。

「あの日、きみは最初からそのつもりで……」アレックスは質問をのみこんだが、すでにエンジェルの目は怒りで燃えていた。

「もちろん」皮肉たっぷりの口調で応じる。「何もかも計画どおりよ」

アレックスの口元がこわばり、二人の視線がぶつかった。「きみは何か問題を起こさないと気がすまないのか？」おまえが無責任な男のように振る舞ったことだってそうだろう、アレックス？「きみの責任でないことはよくわかっている」歯のあいだから言葉を絞り出す。「あれはぼくの……」突然、彼は言葉を切り、ふと思い出したかのように続けた。「さっききみは二度目が問題だと言ったな」

「言ったかしら？」彼は何一つ聞き逃さない。エンジェルは見せかけの笑みを浮かべた。「ええ、当たりよ。あなたのせいでほかの男性では満足できなかったわ、アレックス」

「子どもの父親は例外か？」彼はエンジェルのほうに手を伸ばした。

エンジェルは彼を見ず、手を見つめながらうなずいた。「そう、彼がいる」それにジャスミンも。

そして、ジャスミンの父親が。

ああ！　本当のことを話すのが遅くなるほど、事態は悪くなる。エンジェルはため息をつき、顔を両手にうずめて、手のひらの付け根で目をこすった。つくづく自分に愛想が尽きた。でも、厄介な問題を避けたことのない女性がどこにいるというの?

エンジェルが頭をかしげた。その拍子に髪が後ろに流れ、こめかみのあざが見えた。変色した部分を見ているうちに、アレックスは説明のつかない強烈な感情に腹部がこわばるのがわかった。生意気なことを言い、けんか腰の態度を取るこの腹立たしい女性を守りたいと思う男は、どうかしている。

ぼくはどうもしていない。問題はエンジェルのほうだ。彼女の非常識な行動を問題にするために、ぼくはここにいる。もっとも、会話があらぬかたへと向かってしまったから、元に戻さないといけない。

「きみは無茶なことをした」勇敢でもあるが、とアレックスは心の中で認めた。彼女の勇気をたたえないでいるのは難しい。だが身近な者にとっては生きた心地がしない。「死んでいたかもしれない……」彼は目を閉じ、もう一度思い出して、無力感を覚えた。記憶が氷の塊となって胸に沈んでいる。「きみは死んでいたかもしれないんだぞ」

「わたしは死ねないわ。ジャスミンがいるから」エンジェルはきっぱりと言った。単純な事実だ。ジャスミンは母親を失っていたかもしれない。あってはならないことだ。

突然、トランプで作った塔のように、エンジェルの自信は崩れていった。ああ、彼の言うとおりだ。わたしは母親なのだ。よく考えもせずに行動するなんてありえない。

「わたしはひどい母親だわ！」

苦しげに嘆く声を聞き、涙が頬を伝うのを見て、アレックスの怒りは熱い刃《やいば》に切り裂かれていった。胸の中でふくらむ感情を優しさだと認めたくなかったが、彼はエンジェルの傍らに腰を下ろした。今度は彼が触れても、彼女は身を引いたりはしなかった。それどころか彼の胸に頭を寄せてきた。

一瞬、彼女の喉を絞めてやりたい衝動と闘い、次に慰めてやりたいと思う欲望と闘った。エンジェルの感情は百八十度変化したようだが、同じことが彼の身にも起こっていた。

「もし――」

「仮定の話をするのは意味がない。いくつなんだ、きみの娘の……ジャスミンは？」心から知りたいわけではないが、彼女の気をまぎらす必要があった。同時に彼女の濡《ぬ》れた髪を撫《な》で、髪を首から払いのけた。髪の下の温かく湿った肌に魅了される。

「小学校にあがったわ。そう、小学生だった」

「だった？」

「体調が悪くて休学中なの。でも家庭教師をつけたから、すぐに追いつくわ。頭がいいから」

エンジェルの誇らしげな口調にアレックスは手を止めた。黒い髪がまだ彼の指に巻きついている。エンジェルを母親として見るのは難しかった。

「よくなっているのか?」

エンジェルは彼の胸の中でうなずいた。「仕事は少し休んだわ。でも今回の条件はとてもよかったから」彼女は一瞬身をこわばらせ、彼から離れた。髪を耳の後ろにかけ、挑むように彼を見る。「母親は働くべきではないと思っているんでしょう?」

彼女はぼくが非難すると思っていたらしい。それも当然かもしれないと、アレックスは思った。これまで非難する以外、何もしていないのだから。

〝非難は手短に、許しはゆっくりと〟母の言葉であり、悲しい教えだった。年と共にアレックスは言葉の意味を理解するようになったが、アレックスたちの人生に彼の異母妹がつむじ風のように現れた際、母が口にしたその言葉にあまり説得力はなかった。

「親になる重圧について、ぼくはまったくわからない」アレックスは眉をひそめた。「まだきみが母親だという事実が信じられないでいる」

「あなたの目には、わたしはビキニの似合う体の持ち主としか映っていないのね?」エンジェルはうんざりしたようにつけ加えた。「母親の仕事に経験は必要ないの」

「きみのウェブサイトには娘がいるとは一言もなかった。プロ意識からか?」

「他人の私生活をあさるのが好きなのはあなただけじゃないわ」エンジェルは目をしばたたき、驚くほど低いかすれた声で言った。「わたしのことを調べたのね?」

「興味があったから」

エンジェルも同じだった。彼のとらえどころのない態度はそのせいかもしれない。気づいたときには、彼女はアレックスに尋ねていた。大勢の者が同じ質問をし、まだ納得のいく答えが返ってきていなかった。なぜ彼が所有しているこの島で撮影が許されたのか、その理由をまだ誰も知らない。

「どうしてわたしたちにサロニア島を使わせてくれているの?」言った瞬間、エンジェルは後悔した。「王室の依頼も断ったという話なのに」

「そうなのか?」

エンジェルは目を細めた。「知っているくせに」

「きみの意見は?」

エンジェルは目に手をかざした。考えたことがないと言うには少し遅すぎたが、やってみることにした。「ないわ。でも、推測しないといけないなら、退屈したお金持ちの気まぐれという考えに賛成ね。それとも、化粧品にまで事業の手を広げようと考えているのかしら?」

「内部情報を耳にしているのか?」

「とんでもない。そんなうわさだけで、すでに株価が天井をついているわ。モデルでも経済欄くらい読むのよ」彼の驚いた様子にエンジェルは満足した。彼が眉を上げ、目を合わせて彼女の足の裏に指で触れたので、エンジェルの顔から得意げな笑みがさっと消えた。

軽く触れられただけで、足の先が丸まる。

「きみをぼくの意のままにしたいからだ、とは誰も言わなかったのか？」

エンジェルは彼の魅力的な低い声と闘った。「だったら、特別な気分になれたでしょうね」

アレックスは肩をすくめて笑った。「秘密でもなんでもない。ぼくの甥《おい》がキャリアを積みたいと言ってきたからさ」

「あなたは甥御さんに手を貸してあげる親切な叔父さんなのね？」

「親切で有能な叔父だな。ニコはいい子だし、姉のアドリアーナの歓心を買って損はない」

「家族はたくさんいるの？」本当はあなたが思っているよりひとり多いのよ、とエンジェルは心の中でつぶやいた。

「両親は交通事故で死んだ。女きょうだいが二人いる。アドリアーナはぼくより十歳上だ」彼の表情豊かな唇がゆがんだ。「ぼくは最後に生まれた予定外の子だ」

「アドリアーナはニコのお母さんね？」

彼はうなずいた。「姉の夫のガスはジュネーブを拠点に国際弁護士をしていたが、いまはギリシアで事業を手がけている。息子がひとりいるだけだ」

「女きょうだいが二人いると言ったわね？」

長い沈黙があった。

「リジーはきみと同い年だ」

リジーという名はギリシア人らしくもロシア人らしくもない、とエンジェルは思った。

「あなたがいちばん下の子だと言わなかった？」

「リジーは異母妹だ。父の浮気の結果の。実際のところ一夜だけの関係だったそうだ」エンジェルの喉から驚いたような声がもれたとたん、アレックスは個人的な話をしていることに気づいた。これまでにないことだ。「詳細は重要ではない」家族をばらばらにしたというだけだ。「彼女が一家の末っ子だ」

「そしてあなたはその存在に腹を立ててるのね？」

エンジェルの勝手な推測にアレックスは顔をしかめ、一瞬怒りを見せた。「リジーに腹を立てる者なんてひとりもいないさ」ぼくの母を除いて。

リジーの話をするときにやわらいだ彼の表情に、嘘《うそ》はなかった。

「それでご両親の結婚生活は壊れたのね」エンジェルは同情した。

エンジェルの場合、八歳のときに彼女の唯一の家と大好きな父親から引き離されたことがずっとトラウマになっていた。幼いエンジェルは自分が罰せられているように思った。何かわからない罪に対する罪悪感と、彼女を手放した父親への怒りのあいだで心が揺れ動いていた。

父親の家にごく短期間行ったとき、エンジェルはわがままに振る舞ったことがあった。そのとき、兄は彼女を座らせて諭した。

〝だだっ子みたいに振る舞ってせっかくの時間を台なしにすることだってできるし、楽しむことだってできる。これは父さんのせいでも、ぼくやおまえのせいでもないんだ〟

〝ママはわたしたちがいらないのよ！〟

〝そうだ〟兄は自分に打ちかかる拳をつかんで、静かに説明した。〝でも、母さんはそれ以上にぼくたちを父さんに渡したくないんだ。わかるか？〟

エンジェルは子どもなりに理解した。〝ママなんて嫌いよ、チェーザレ〟よくないことだとわかっていたので、ささやくように言う。

〝母さんのことは気にしなくていい。気にする値打ちもないさ。いいか、ぼくたちが大きくなって、母さんがぼくたちを引き止められなくなったら、そのときは好きなところに住めばいいんだよ〟

〝お父さんと一緒にこのお城で？〟

〝そうだ〟兄はティッシュをエンジェルに渡し、顔を拭いて髪をとかすように言った。さもないと、あの恐ろしい女の妖精――バンシーそっくりだぞ、と。

「ぼくの父は母を裏切ったが、母は父を許し、離婚には至らなかった」

エンジェルは悲しげにほほ笑み、現在のことに考えを引き戻した。その後、二人は子どものころに住んでいたスコットランドの城に戻ったが、そこに父はいなかった。父は亡くなり、チェーザレが疲弊したハイランドの敷地と借金を引き継いだ。

「あなたは運がよかったわね」

アレックスは驚いて彼女を見た。「どうしてそんなことが言えるんだ?」

「離婚はよくないもの。だけど、お母さまは許しても……」エンジェルは首をかしげ、アレックスの顔を見た。「あなたは許さなかったのね?」

「何を?」

「お父さまを」

彼の目にショックが浮かび、すぐさま感情を閉ざした冷ややかなまなざしになった。

「許すのはぼくの役目ではなかった」そしていま、崇拝していた父に、父の弱さが理解できると話したかったが、もう遅すぎた。「だが、そう、若さゆえの傲慢さでぼくは父を非難した。一夜だけの関係を楽しんだぼくは、まさに、〝我が身をつねって人の痛さを知れ〟の好例だな」

自分の行為の責任をとっていないとアレックスが父を非難したのは、皮肉としか言いようがない。

〝避妊の措置をとらずに一夜の関係を楽しむなんて、なんて愚かな!〟若かった自分の軽蔑に満ちた言葉がよみがえり、アレックスはたじろいだ。

ぼくが同じ状況に陥らなかったのは、道徳心のせいでも、分別があったからでもない。単に運がよかっただけだ。

「じゃあ、よくあることではなかったのね。あなたが……」エンジェルは言葉を切り、顔を赤らめた。

「見知らぬ女性とベッドを共にすることがか？　普通はない。どうしてきみがそう思うのかは理解できる。二つの点できみはぼくにとって唯一の女性になった。きみはバージンだった。そして、最初で最後の一夜だけの相手だ」そっけない口調で続ける。「きみはどうなんだ？」

「モデルは誰とでも関係を持つと思っているんでしょう？」

「きみのセックス歴をきいているんじゃない」

「そうね。本当のわたしを知りたいだけなのね？」エンジェルは目を大きく見開いた。「どこから始めようかしら？　政治的な考えとか好きな作家？　そう、わたしは魚座で、コーヒーを飲みすぎるきらいがあり、好きな色は緑」

「きみは個人的な話になると、いつも冗談で紛らすのか？」

エンジェルは自衛の手段を簡単に見破られたことに驚き、腹立たしげに首を振って否定しようとしたが、その前に彼が口を開いた。単なる好奇心から尋ねているとわかっていながら、エンジェルはパニックを起こしそうになった。

「娘はいまどこにいるんだ？」

ありがたいことに、ここではない。ジャスミンと一緒にいるときに彼と出くわしたら、わたしはどんな反応を示すだろうと思うと、背筋が震えた。

「家よ、スコットランドで、一緒にチェ……」彼が兄のチェーザレを知っていることを思い出し、言葉を切った。心の準備ができるまで、二人の関係は知られたくなかった。「一緒に彼がいてくれるから安心よ」

エンジェルがほかの男性について口にしたとき、彼女の緊張が緩むのを見て、アレックスの顎がこわばった。

不意をつかれることはあまりなかったが、いまの彼は明らかにそうだった。父親が子育てに関わっていないことははっきりしていたので、ほかの男については考えもしなかった。

こんな成り行きを予想できなかった自分に我ながら驚いた。

エンジェルが誰かと暮らしているとは思ってもみなかった。彼は必死に事実を見つめ直そうとした。

理不尽だと自覚しつつも、アレックスは欺かれたような気持ちを振り払うことができなかった。

何を期待していたんだ、アレックス？　心の声が尋ねた。エンジェルがおまえとの再会を待ちながら六年間を過ごしてきたとでも？

自分の反応の未熟さにいらだちながらも、アレックスは彼女を責めていた。アレックスはそれとなく彼女の左手を見たが、指には砂がついているだけだった。子どもを預けるくらいだから信頼しているのだろうが、指輪はない。目を閉じると、いまでも彼の肌に触れる彼女の指が目に浮かぶ。彼は大きく息を吸い、なんとか欲望をやりすごした。

これまでの人生でバージンとのセックスが最高だったという事実がまだ理解できなかった。何もかもが重なり合ってアレックスの罪悪感を助長した。彼が看病した妻はもはやなく、彼は緑色の目をした魅力的な女性とベッドの中に引きこまれた。だが彼を誘惑したのは妖婦ではなく、バージンだった！　そして彼を見下げ果てた男のような気にさせた。よく言うではないか。法律的見地からすれば、知らなかったというのは無実の理由にはならないと。

彼の目から見ても、理由にはならない。

アレックスが彼女の手をじっと見ているので、エンジェルは隠したい衝動と闘わなくてはならなかった。隠す代わりに、手を砂の中に入れ、それから腿にこすりつけて、髪へと走らせた。

「誰かと一緒に暮らしているのか？」

その調子だ、とアレックスは思った。わかっていることをきけばいい。パートナーがいるということは、また彼女と関わり合いになる機会はないということだから。

「父親は、子どもがほかの男に育てられていても気にしないのか？」

「あなたはどうなの？」エンジェルはきき返した。

アレックスは考えた。「気にするさ」リジーは幼かったとき、父が娘を要求して家を与えるまで、親戚や友人に数年間預けられていた。自分の子どもがそんな目に遭うのを許すだろうか？

決して許さない！　ぼくの娘は両親と共に暮らし、いつも愛され、安全だと感じることだろう。

彼から即座に答えが返ってきて、エンジェルは狼狽《ろうばい》した。反応を隠すために目を伏せる。そしてゆっくりと息を吐き、彼が知ることはないのだと自分に言い聞かせた。

エンジェルが目を上げたときには、彼の青い目にはもう驚きも疑いも浮かんではいなかった。

「娘はひとりで育てているわ」

「つまり、きみが電話をかければ、恋人が子どもの世話を引き受けてくれるのか？　彼はきみが仕事で家族から離れることに異存はないのか？」彼女を信頼し、ひとりで地球の反対側に行かせることができる男がいることに、アレックスは驚いた。

エンジェルの全身を怒りが駆け巡った。「わたしは娘を外に預けたりしないわ」

「どうしてきみは、絶えずぼくがきみを非難しているように受け取るんだ？」

「していないの？」

「それとも、きみは自分を非難しているのか？」

「念のために言っておくと、男性が子どもの世話をしても何も悪くないわ」

アレックスは眉を上げた。「悪いと言ったか？」

「それとなくね」エンジェルは言い返した。「もしわたしの家でジャスミンの面倒を見てくれる恋人がいれば、幸運だと思うわ」だが、断るだろう。いつか去っていくかもしれない男性を娘が好きになるような危険は冒したくない。「それにジャスミンから離れるのを楽しんでなんかいない」感情がこみ上げる。「いまの仕事を始めるまで五年かかって……」

そこで彼女は口を閉ざした。彼に説明しているの？

話を聞いているアレックスの耳に、一つの言葉が飛びこんできた。「もしいれば？　つまり、恋人はいないのか？」

「あら、まさか立候補するつもり？」彼に冗談は通じなかった。この人にはユーモアのセンスもないのだろうか？「冗談よ。兄はジャスミンの手伝いをするのが上手なの」

「兄がいるのか？」

「一緒に暮らしているわ」エンジェルは物問いたげな彼の視線から目をそらした。兄が相続した城に住むようになったいきさつを説明する気にはなれない。彼女が奪われた素朴で美しい子ども時代を、娘のために再現しようとしてきた。誰にもジャスミンからすばらしい子ども時代を取り上げさせはしない。「兄にジャスミンの世話をしてもらえるの」

エンジェルは彼から離れ、貝殻や海草を踏まないようにしながら岩場へと向かった。

「もう戻ったほうがいいわ」

「そっちはだめだ」

エンジェルは腕に置かれた彼の手を見て、離してほしくないと思った。

「満潮時には海岸沿いから戻れなくなる。もうすぐ満潮になる」

彼が手を離し、ちくちくする感触だけが残った。エンジェルは彼が触れたところを無意識のうちにさすりながら、今度は不安の波と闘った。海岸にひとりでいるのなら対処できる。それだけの冒険心はある。しかし、いま彼女はひとりではなかった。

「わたしたち、閉じこめられてしまったの？」

アレックスはそうだと言いたかった。「いや、そうじゃない。林の中に道があるんだ」海岸沿いの松林を指して言う。「少し距離は長くなるが、道ははっきりしている。さあ、行こう」

二人は並んで木陰へと歩いた。香りのよい林の中を歩くと、足の下で松の葉が音を立てた。柔らかい光の中でエンジェルの額のあざがはっきりと見える。

「あざは目のまわりにはできなかったようだな」

「明日には肩が痛くなりそう」エンジェルは肩をまわした。筋肉がこわばっていて、悪化しそうだ。片手を頭にやりながら、さりげなく言った。「あざができやすいの」彼女は足を止め、目を見開いて振り返った。彼の言葉をようやく理解し、顔をしかめて尋ねる。

「あざがあるの？　目に見えるくらい？」

アレックスはうなずいた。先ほどは無視したのに、どうして気にするのだろうといぶかった。

「大変！」エンジェルはたじろぎ、こめかみの上のかすかに盛り上がった線を指でなぞった。心配そうに眉を寄せたのは虚栄心からでも痛みからでもなかった。メイクアップ係の女性たちがなんと言うか想像したからだ。メイクアップ係だけではない。新人の彼女がプロとしての姿勢に疑問を持たれることだけは避けたかった。

「だが、さほどひどくない」

エンジェルは陰鬱な顔で歩きつづけた。「照明とカメラの前ではひどいでしょうね。最高のメイクアップ係や照明係でもごまかすには限度があるから」

それに、アレックスのそばにいると気持ちが乱れるのをごまかせなくなっていた。六年間怒りの対象だった男性を理解するまでは、人生はもっと単純だった。彼は完璧な英雄ではないけれど、見境なく女性を誘惑する男性でもなかった。それに、いつもエンジェルを危機一髪のところで救い出せるところにいた。彼には家族との歴史があり、そのせいで心に傷を負い、独特の道徳観を育んでいた。

アレックスはしなやかな曲線を描く小麦色の体から視線を上げようとしながらも、ビキニのボトムが腰骨までずり落ちているせいで、わずかにのぞいている白い肌に引きつけられた。

「きみの場面を避けて撮影できないのか？」

エンジェルは笑った。撮影班からそんな答えが返ってくるところは想像もできなかった。

「わたしは全シーンに出るし、昔から〝時は金なり〟と言いつづけられてきたわ」

「いや、時は贅沢《ぜいたく》だ」

松林がまばらになり、ホテルが見えるところまで来た。

「わたしには贅沢はできない」エンジェルはため息をついた。「結果を受け止めないと」

彼のほうを向いて続ける。「助けてくださってありがとう。本当に感謝しているわ」

彼は奇妙な表情を浮かべ彼女を見つめた。「礼はいらない。これが欲しい」いきなり彼は頭を下げ、唇を重ねた。

エンジェルは原始からの興奮に全身を貫かれ、うめき声をもらして彼に寄りそった。抵抗することもなく、疑問も持たず、ぬくもりに浸った。安堵《あんど》に解放感。信じられないほどすばらしい。エンジェルは必死にめざそうとしてきた人間になるのはやめ、過去の彼女へと戻っていった。

キスは始まったときと同じように唐突に終わった。アレックスは目に警戒の色を浮かべ、悪態の言葉をつぶやいて背を向け、歩いてきた道を戻っていった

エンジェルは目を見開き、口に手を当てたまま、その場に立ちつくしていた。

6

彼女の顔がすべての関係者によってあらゆる角度からあらゆる照明を使って調べられた。関係者の中には皮膚科の専門医もいた。その後、最初に心配したほど悪い状態ではないとわかった。三日後には、腫れは引き、あざもエアブラシで修整できるということだった。

家に帰ってジャスミンに会うには三日では足りず、会えないのが三日延びるとひどく寂しい。何もすることがないので、エンジェルは退屈でたまらなかった。海辺の日光浴は多くの人にとって至福の時間かもしれないけれど、エンジェルはじっと座っているのが苦手だった。

これ以上、怪我《けが》をしてスケジュールを遅らせるようなことはいっさい禁じられたので、結局は編み棒二本と、明るい青の毛糸、それにクライヴからもらった説明書を準備した。子どもでもできるとクライヴは断言した。それに驚くほどリラックスできると言われ、エンジェルは椰子《やし》の木の下に座って、編み物に取りかかった。

三十分後、緊張で歯が痛みだし、エンジェルはもつれた毛糸をつかんで浜辺に投げた。

まるでだだっ子だと自分でもわかっていた。叫んで足を踏み鳴らしたいと思うのはささいな欲求不満のせいではない。過ぎ去ったすべてのことと、これからのことを考えたからだ。決めなければならないことから解放されたら、つかの間の平和を楽しめるかもしれない。

ふいにうなじがちくちくし、声が聞こえる前から彼が近くにいることがわかった。

「ごみを捨てたら、即罰金だ」

いつからアレックスは見ていたのだろう？

声の主のほうに顔を向けると、彼が編み物を拾ってやってくるのが見えた。ついていない。欲望で喉が渇くのを恥じながら、彼の動きを目で追った。

アレックスはゆっくり歩いていた。彼が近づいてくると、鼓動が不規則になった。エンジェルは手を胸にあてがい、視線を彼の素足に向けた。目を向けるにはいちばん安全な部分に思えたが、やがて視線はふくらはぎから筋肉質の腿へと上がった。カーキ色のショートパンツを細い腰に引っかけるようにはき、半袖のシャツをはだけて、引き締まった茶色の上半身を見せている。

「逮捕しに来たの？」エンジェルは両手を伸ばし、手首を交差させた。「おとなしくついていくわ」

「信じられないな」彼女が争わずにあきらめるかと思うと、アレックスはまんざらでもない笑みを浮かべ、編み物を彼女の膝に落とした。「実のところ、きみを助け出しに来たんだ」

エンジェルは嘲るように笑った。助け出してもらう必要があるとすれば、猟犬のように引き締まった全身から欲望を発散し、彼女の神経を混乱に陥れている目の前の男性からだ。

「退屈で死にそうな状態だろうから」

「退屈なんかしていないわ」

彼は手を伸ばし、ショートパンツについた青い毛糸をつまみ上げた。皮肉たっぷりに眉を上げ、吹き飛ばす。「きみは退屈している」そしてぼくの評価が間違っていなければ、彼女もぼくと同じように激しい欲求不満にさいなまれている。

退屈よりももっと悪い、とエンジェルは思った。どうしようもなく興奮していた。つばの広い帽子とサングラスしか隠せるものはない。彼女は顔をしかめた。「それはごみを捨てていることにはならないの？　それともあなたは特別扱い？」

アレックスの白い歯がきらりと光った。「そう思いたいね」

エンジェルはふくらはぎを撫《な》でた。「じっと座っているのは得意じゃないの」彼の視線を感じて手を止め、鼻の上にサングラスを押し上げる。

アレックスは驚かなかった。彼女は落ち着きがある女性とは言いがたい。頑固で、攻撃的で、挑戦的で……。彼女の好ましくない性格を心の中で挙げながら、目は彼女の手から顔へと移った。丸みのある引き締まった顎と口元、ふくよかで官能的な唇には穏やかさは微塵《みじん》もない。唇が彼の唇の下で開いたところを思い出していると、目が合った。

沈黙が続き、アレックスは威圧的な彫像のようにじっと立っていた。

「退屈なのはあなたじゃないのかしら」エンジェルは冷ややかな口調で言おうとしたが、実際はすねているようにしか聞こえなかった。

返事の代わりにアレックスは彼女のそばに座った。エンジェルの脈がさらに速くなった。彼の肩が触れそうだった。気づかれずに距離をとる方法がわかっていれば、すぐに実行したのに。

逃げも隠れもできない、といったところだろうか。

「泳ぎに来たのか?」薄手のビーチコートの下にビキニの線が見えた。

「許されていないわ。息をする以外、ほとんどのことは禁止よ。みんなに嫌われているし」

「子どもの命を救ったからといって、非難されることはない」

「でもあなたも非難した。それに命を救ったというのは大げさよ」エンジェルはラフィアのバッグに編み物を入れ、留め金をかけた。

「相変わらず謙虚だな」それに相変わらず魅惑的だ。アレックスは彼女の口元を見つめ、美しい唇のあいだに舌を滑らせたいと思った。欲求はあまりにも強く、当初の目的は忘れ去られていた。

エンジェルは鼻であしらい、サングラスを鼻梁《びりょう》に押し上げて、かすかに笑みを浮かべた。「それがわたしよ……創造的なタイプでなくて残念だけど」

アレックスは驚いてみせた。「本当に？　美術大学に行ったんだと思ったが」

「卒業はしてないわ」エンジェルの顔がこわばり、いぶかしげに彼を見た。「なぜ知っているの？」膝を顎まで引き寄せ、腕をふくらはぎにまわす。

彼はさりげなく肩をすくめた。「誰かが話しているのを耳にしたんだろう」

あるいは、普段は社員の身元調査をしている者からもたらされた履歴か、アンジェリーナ・アーカートの娘の出生日に関する報告かもしれない。

アレックスが最初にそれを思いついたのは、午前三時だった。それからの一時間は、あれこれ考えているうちに、まったく正しいと思えたり、旺盛な想像力とひどい欲求不満と睡眠不足の産物にすぎないと思えたりもした。

何より情報が必要だった。アレックスにとって時差は問題ではなかった。二十四時間態勢でない会社は使わないし、彼が直接電話をかける者たちは即座に動いてくれる。

彼が本当に知りたい情報は提供されなかったが、調べるのは可能だと請け合ってくれた。

午前五時に彼のメールボックスに入っていたのは、まさに彼が求めていたものだった。アンジェリーナ・アーカートは二人が一夜を過ごした夜から八カ月後に女の子を産んでいた。

ぼくが父親かもしれない。統計的に見て、たぶんぼくは父と同じ罪を犯したのだろう。父親になっても、知らないでいることは充分にありうる。通りで自分の娘とすれ違っても、まったく気づかないのだ。アレックスは愕然《がくぜん》とした。

いつもどおりランニングをして頭をすっきりさせた。汗をかき、息を弾ませながら、父親になるという考えと向き合ってみると、思っていたほどひどい話ではなかった。リジーの叔母が彼女を連れて現れた日の父親と同じ気持ちを、ぼくは味わっているのだろうか？　リジーの叔母は、リジーの亡き母親が書いたものの、出さずじまいに終わった手紙の束を持っていた。そしてパーティ客でいっぱいの部屋の前で、今度は父親のあなたがこの子の責任をとる番だ、と言ったのだ。

少なくともアレックスにはひとりで状況を理解するための時間がある。話を公にするとしても、時も場所も選ぶことができる。

推測が正しいとして、どうしてエンジェルはぼくに話さなかったんだ？　これから話すつもりなのだろうか？　彼が失った年月、取り戻せない年月を考えると、喪失感に怒りがこみ上げ、エンジェルの立場に立って考えるのは難しかった。それでもなんとか考えようとした。

エンジェルは自信に満ちているように見えるが、外見を繕っているだけなのだろうか？　いまより六歳も若かった彼女は、妊娠したことがわかると、気が動転したことだろう。ぼくを捜そうとしただろうか？　彼女の気持ちを思うと、アレックスは罪悪感にさいなまれた。どうやってぼくを捜していいかわからなかったのかもしれない。その場合、ぼくから親の権利を奪うつもりはなかったはずだ。だが一方で、彼女はほっとしたのかもしれない。ぼくのことを悪く思っていて、ひどい父親になると考えたのかもしれない。

アレックスの顎がこわばった。支配権のない立場に立つことなどめったになかった。貴重な権利を持てない事態が、アレックスには耐えがたかった。

どんなことをしても、我が子の人生の一部になる。エンジェルとベッドを共にしようと思っているほかの男が、彼女の子どもの父親になる権利を得るなど、考えられない。

「どうして卒業しなかったんだ？」

さりげない質問だったが、彼のまなざしがエンジェルを不安にさせた。彼女は彼の視線を避け、肩をすくめた。そこで聞こえてきた警報に反応した。「ほかに気になることがあったから」

赤ん坊だ、とアレックスは思った。ぼくの赤ん坊。

自分が父親である可能性と向き合ってから数時間になる。十トントラックが胸の上に乗っているようだ。走り、歩き、考え、計画を立てた。まだ胸は苦しいが、頭はすっきりしてきた。解決策はある。どんなことをしても情報を得るつもりだ。ぼくは完璧なポーカーをすると実業界では言われている。計略をほのめかすような物言いなどしない。「いまはどうなんだ?」

エンジェルは首を横に振り、理解できないというように肩をすくめた。

「気になることはないのか?」

「誰もあなたの巧妙さを非難しないの? 申し出はありがたいけれど、けっこうよ」

彼はかすれた笑い声をあげた。「セックスに誘っているわけじゃないから、照れなくてもいい」

エンジェルは顎を突き出した。照れるなどというものではない。身が縮むような恥ずかしさに、穴があったら入りたかった。彼のにやけた顔を見るよりましだ。「だったら」指先で自分の顔に円を描きながら、噛《か》みしめた歯のあいだから言う。「安心ね」

彼は人差し指と親指でエンジェルの顎をつかみ、もう一方の手で彼女のサングラスを頭に押し上げた。自分には触れる権利があるとでも言わんばかりの、自信に満ちたしぐさだった。彼のとんでもない勘違いをやめさせようとはしないの、エンジェル?

「こっちのほうがきれいだ……」彼はかすれた声で言った。

頭を働かせようにも、まるで生温かいシロップの中を歩いているようで、まともに働かず、体が言うことをきかない。こんなのはわたしではない……。どうしてアレックスの好きにさせておくの?

あなただって気に入っているからでしょう？　心の声がすぐに答えた。

ばかばかしくて笑いそうになりながら、エンジェルはサングラスを元に戻した。

「きみの考えについて話し合いたいが……」

エンジェルは手のひらに爪を食いこませ、気持ちを痛みに向けて、自制心を保とうとした。横を向くと、彼が手を離した。

「考えというほどのものではないわ」声は小さく、冷たい笑みは弱々しかった。悲しいほど説得力はなかった。

「すねないで」アレックスは腹立たしげに息を吸った。「もちろん、ぼくはきみとセックスがしたい」

誘っているというより、ピザを注文しているような言い方だった。激しい衝撃に心臓が止まりそうだったが、表情には出さなかった。サングラスをかけていてよかったと思う。

「よくそう言われるわ」

嘘《うそ》ではない。けれど、心肺停止の危険を感じたことなどはなかった。彼の言葉など冗談を言ってやりすごすのが最良の方法だけれど、いまのエンジェルにはできそうになかった。

彼の目がきらめいた。怒っているのだろうか。

「だろうね」アレックスは穏やかに言った。「だが今回は、ランチにしようと考えている」

アレックス・アルロフとランチ？　ばかげている。

本当にそうなの？　ジャスミンの父親について知るいい機会ではないかしら？　彼が娘の人生に関わってほしい人かどうかを見極めなければ。個人的な感情は別にして。

わたしの個人的な感情はどうなの？

エンジェルは首を小さく振り、帽子をしっかりと引き下げた。困惑した目を隠してくれるサングラスに感謝した。普段から人生には真っ向から向き合うけれど、彼が現れてからこの疑問は避けてきた。

こんなにも本能的な感情をどう分析しようというの？　基本的なところでは彼に惹《ひ》かれているけれど、それは特別なことではない。女性たちは誰もが彼に見ほれてしまう。彼は女性の欲望を駆りたてずにはおかない男性なのだ。彼のそばにいるだけで、頭が働かなくなる。

アレックスは喜んで女性たちを受け入れるだろう。けれど、大人になったエンジェルは欲望と深い感情との区別はできた。

そのことをあなたの神経にちゃんと教えなさい、エンジェル。

「きみだって食べることは禁じていないだろう？」アレックスはミネラルウォーターの栓を開け、口に持っていきかけたが、思い直してエンジェルのほうに差し出した。「飲まないか？」

「けっこうよ、ありがとう」彼女は丁重に断った。

「そうなのか？」彼は手で口を拭った。

エンジェルの目は水を飲むときの彼の喉の動きに釘《くぎ》づけになった。

「何が？」

「食べることは自分に禁じていないんだろう？」

「カロリーによるわ。みんなわたしのヒップを心配しているの」エンジェルは言い終えないうちに軽率な言葉を後悔した。アレックスが首をかしげ、問題となっているなめらかな曲線に目を走らせたからだ。

神経を切り刻まれるような瞬間が過ぎ、彼がようやく目を上げた。

「そうだな、気をつけないといけないな」まじめな口調で言いながら、何もかもがこれほど官能的な女性に会ったことはない、とアレックスは思った。

エンジェルは怒ったような目をアレックスに向けたが、彼の目がきらめいているのを見て笑いだした。だが目がおもしろがっていないとわかると、急いで視線をそらした。心臓がとどろき、口の中が乾く。

「わたしがあなたの欠点に注意を向けたら、どう思うかしら？」彼に肉体的な欠点はないけれど。

「ヒップの話はきみが持ち出したんだ」彼は指摘した。「文句を言っているわけではない。きみが自分の評価を問題にするつもりなら、その必要はない」

アレックスは彼女の唇から美しい曲線を描いている脚へと視線を移した。ベッドの中でエンジェルほど気取らない女性はいなかった。彼の体から喜びを得ると同時に、自分自身の体からも喜びを得ていた。彼の体に魅せられている様子を、あれほどはっきりと見せた女性はほかにいなかった。

突然、アレックスは欲望に全身を貫かれ、痛いほどの興奮に記憶がよみがえった。彼の肌の上を滑るエンジェルの手、湿った彼女の舌先を感じた。輝いていた彼の目が陰り、炎が浮かんだ。

彼女の振る舞いはふくよかな唇と同じように悠然としていた。だからこそ、一瞬たりともバージンとは思わなかった。衝撃に見舞われたように彼女が小さな叫び声をあげたときも、賛辞として受け取った。

本当は知りたくなかったのだろう、アレックス？　心の声が揶揄《やゆ》した。

ふいに彼の指の関節が音をたて、エンジェルは問いかけるようなまなざしを彼の顔に注いだ。黄金色の肌は張りつめ、角張った顎はこわばっている。目は不自然なほど長いまつげに隠されたままだ。

アレックスが彼女の手を取ったとき、たくましい肩が緊張しているのがわかった。

「真っ昼間に太陽の下で座っていてはいけない」

彼の手に引かれて立ち上がったとき、全身に電流のようなショックが走った。

彼が手を引いたあとも、肌がちくちくした。手を胸に当てて呼吸を落ち着かせようとしたとき、本当に息が切れていることに気づいた。セックスに飢えているように振る舞ったりすれば、間違ったメッセージを送ってしまう。

あるいは、正しいメッセージを。

突然エンジェルが笑いだした。その声は彼の記憶に残るセックスの場面と同じように奔放だった。

「きみの身体的な安全は保証する」アレックスは眉を上げ、手を差し出した。「ぼくは何かおもしろいことを言ったかな?」

エンジェルは彼の手を見て思った。あなたはわたしを安心させてくれない。ほかのたくさんのことを感じさせてくれるけれど、それは安心感ではない。

「ボディガードはいらないわ」

彼と目が合い、たちまち体が熱くなって、エンジェルは息もできないほどだった。

「魅力的な話し相手とのランチはどうかな?」

「あら?」エンジェルはあたりを見まわした。「そんな人、どこにいるのかしら?」それから恥ずかしそうにつけ加える。「ランチならいいわね」

ユーモアは思うような効果を発揮せず、エンジェルはため息をついた。

「おなかがすいたわ」ランチはジャスミンのためだ。愛人を求めてはいない。彼から逃げつづけていたら、ジャスミンにとっていい父親かどうか判別できない。

いったいアレックスはどんな人なのだろう？

インターネットの情報から、裕福だということは知っている。謎めいた評判のせいで、適当に推測し、話を割り引いて受け取った。それにしても彼は矛盾だらけの人間のようだ。

二人は黙って歩き、浜辺からいい香りがする松林の小道へと進んだ。一、二度エンジェルは長身の男性を見上げた。彼は物思いにふけっているようだった。

小道がホテルの庭に入るところに来ると、アレックスは左に曲がり、いつもは鍵がかかっている〝関係者以外立入禁止〟と書かれた門を開けた。

「どこに行くの？」道を曲がると、小さな入り江が見えた。モーターボートが係留してあるだけで、ほかには何もない。

「ランチを食べに。気をつけて、岩は滑りやすい」

「ホテルに行くのかと思ったわ」

「違う」

「そのようね」エンジェルは彼の手は無視した。ささいなことだが、ひとりでできるところを見せることが大事だ。それとも、アレックスに触れるたび体に電流が走るような危険を冒すより、転んでもいい覚悟をしただけだろうか。

エンジェルは片手でバランスをとり、もう一方の手で髪が目にかからないようにしながら、ゆっくりと岩場を下りていった。尻餅をつけば痛いし、恥ずかしい思いをするだけだ。

彼女が助けを断ると、アレックスは皮肉な笑みを口元に浮かべた。エンジェルは頑固で、向こう見ずで、腹立たしい女性そのものだった。けれどボートの上から眺めていると、彼女ほど優雅で魅惑的な女性は見たことがないと思った。

彼女がよろめきながら歩くのを、飛んでいって助けたくなるのをなんとか抑えた。彼女が転んで美しい体の骨を折ったとしても、自業自得だ。

道はなく、まるでフリークライミングだとエンジェルは思った。ハーネスをつけずに岩にしがみつくのもおもしろい。けれどあと一メートルのところで彼が伸ばした手は拒まなかった。ボートまでのけっこうな高さを、彼女は飛んだ。

彼のおかげで楽に飛べた。

「ありがとう」

アレックスは皮肉な笑みを浮かべてエンジェルの手を握ったが、彼女がボートに着地した瞬間に笑みは消えた。勢い余ってエンジェルがぶつかるや、彼の体はたちまち熱を帯びた。だが、うつむいていたので、彼の目に浮かぶ渇望までは見えなかった。

彼はエンジェルの肘をつかんでいた手で彼女を押しやり、冷ややかに言った。「慌てないで！」

みごとなヒップをつかんでエンジェルを引き寄せろとそそのかす本能を、アレックスはすぐさま隠した。下腹部が痛いほどに張りつめ、全身に汗が噴き出す。その外見と北方系の血筋にもかかわらず、彼は暑さには強かったが、エンジェル・アーカートのような姿態の、柔らかく温かい女性には免疫がなかった。

「サロニア島で食べるの？」

「思いがけないことは嫌いか？」

「その内容によるわ」

「さあ、エンジェル」アレックスの青い目が彼女をからかっていた。「冒険だ」

エンジェルは目をそらし、冒険をして何が起こったかを思い出した。いま、彼女は母親であり、自分が子どものころに望んだ穏やかな環境を娘に与えるつもりでいた。またたく間に燃えあがるような関係は予定になかった。

きのうとは違い、エンジェルは波を切って走るモーターボートの中で向かい風を受けていた。時間はかからないだろうと思ったが、ボートは撮影班が降りたところから、さらに海岸沿いを走りつづけた。

本土に面した側での撮影はすべて終わっていた。撮影地から離れないようにと言われていたので、島の反対側を見るのは初めてだった。違いはすぐにわかった。はるかに緑が多い。

アレックスはエンジンを切り、ボートを小さな木の桟橋に近づけた。「以前は反対側から来る道路があったが、いまは荒れてしまった。海路かヘリコプターの発着場から来るしかない」

道路はなかった。アレックスはオープントップの四輪駆動車を運転し、石だらけの急勾配を上がっていった。

頭上の革紐《かわひも》にしがみついていたエンジェルは、坂の途中で叫んだ。「この調子で運転するのなら、せめて両手でハンドルを握ったら？」

アレックスはにやりとした。「おせっかいな同乗者だな」

坂の上で車が停止すると、エンジェルは目の前の光景に驚いた。スコットランドのヘブリディーズ諸島を思わせる銀白色の砂、風に揺れる草と点在する草花、そして緑の絨毯《じゅうたん》の真ん中には白いテントと長いテーブルが設けられていた。二人の人物が近くに止めてある四輪駆動車から荷物を降ろしている。

「わかっていたら、ドレスを着てきたのに」

エンジェルは二人が給仕をするのだろうと思った。しかしアレックスと手短に言葉を交わすと、彼らは車で去っていった。車が見えなくなり、肩甲骨のあいだに彼の手が置かれると、本当に彼と二人きりになったことを意識した。

エンジェルは神経質になっているのを隠そうと笑い声をあげ、白いテーブルクロスと銀器が用意されたテーブルに近づいた。

「これはあなたが考えたピクニック？」誘惑するための舞台かもしれない。彼は目的もなしにこんな面倒なことはしないだろう。でも、どうして？

「料理に砂が入るのはごめんだ」

「あなたなら砂浜をコンクリートで固めることもできるでしょうに」

「一つの考えだが、エコについても考えないといけない」

「それが役立つときには特にね」

アレックスは薄笑いを浮かべた。「いつものことだが、きみはぼくの行動に対して最悪の可能性を想定するんだな」

エンジェルは否定しようと口を開いたが、思いとどまって彼から視線をそらした。「冷笑的になることもあるわ」

「エコに興味があるなら、ぼくの家のまわりを見るといいかもしれない」

エンジェルは彼が指差す方向に目をやった。最初は満潮の標識の上の草で覆われた丘しか見えなかったが、ほどなくガラス窓の反射光に気づいた。

「まあ！」

「最初は見逃してしまう」建物は風景に調和するように造られていた。いや、風景の一部になっていた。

斜面を削って造られた、芝生の屋根の隠れ家はどの角度からも見えないようになっている。だが部屋はすべて海に面し、大きいガラス窓から光が入るように設計されていた。

「あそこに住んでいるの？」特に権力を誇示するような家ではなかった。

「ときどき滞在する。ぼくの要求に合っているが、楽しむための設備はない……」そこで言葉を切り、アレックスはテーブルを指した。「座らないか？」

彼が引いてくれた椅子に、エンジェルは落ち着かない気分のまま腰を下ろした。

最初の十五分間の会話では、アレックスを理解できるような情報は何も得られなかった。予想どおり、彼は巧みに話をしたが、個人的な質問には答えるのを避け、エンジェルに質問を返した。彼女はひどくいらだった。

「シーフードは嫌いなのか？」

料理をつつきまわしていたエンジェルはフォークを置き、直接きくのが最良の方法だと思った。

「どうしてわたしをここに連れてきたの？　料理の話をするためではないでしょう」下唇を噛《か》みながら、テーブルクロスを押さえている水晶を取り、手の中でまわした。

「きみはなぜ来たんだ？」

エンジェルは肘をテーブルにのせ、彼をじっと見つめた。「あなたは質問されると、いつも質問で返すの？」

彼は眉をひそめ、フォークで大きな海老《えび》を刺して口に入れた。「ぼくはいま、自分のことは棚に上げて、と言いたい衝動と闘っている」

「なかなかうまくいかないものね」

「きみの質問に対する答えは、イエスだ。きみの答えのほうが、ぼくには興味がある」

「わたしは退屈して、おなかがすいていただけ」

「きみはあまり食べていない」

「体重に気をつけているの」

「マスコミは若い女性にメッセージを送るが、きみはその中の自分の役割を気にかけているのか？」アレックスの口調はさりげなかったが、彼女を見つめる目はさりげなさとはほど遠かった。

「メッセージ？」

「雑誌に載っている女性たちのように、ありえないほど完璧な美しさを達成しようというプレッシャーさ。美しさは幸せに通じるというメッセージだな。ああ、きみに娘がいることを忘れていた。若い女性と向き合うプレッシャーは意識しているだろうね」

鼓動が速くなり、エンジェルはナプキンを指でねじった。彼は知っている。なぜか彼は知っている。あるいは知っていると思いこんでいる。

「ジャスミンはまだ子どもよ」

「そうだ。だが子どもはあっという間に大人になる。そして、拒食症にかかる年齢はますます低くなっている」

エンジェルは首を振り、怒りに任せて立ち上がった。彼を見下ろすと、大きな猫にもてあそばれている鼠《ねずみ》のような気分が少しやわらいだ。「どうして急にわたしの娘に興味を持つの?」

アレックスはゆっくりとナプキンを置き、彼女の目を見つめながら立った。

「考えたんだ……。ばかげてはいるが、無視しないほうがいいと経験上わかった。だから調査した。すると驚くべきことがいくつかわかった。ぼくたちが一緒に過ごした夜から八カ月後、きみに娘が生まれた。それ以前、きみは男性と関係を持っていない」

「その後もよ」ついに言ってしまった。

彼は反応しなかったが、エンジェルには彼の心が動いたのがわかった。

エンジェルはまばたきも呼吸もしなかった。肩をすくめ、必死に平静を保とうと試みた。

「あなたは自分がジャスミンの父親かどうか知りたかったのね? そのためだけに、こんな凝った演出が必要だったの?」

「話す時機をきみがうかがっているかもしれないと思ってね」アレックスはなんとか彼女の視点から考えようとしたが、彼女の表情から察するに、そんな努力は伝わらない気がした。ぼくは彼女にとってただひとりの男だった。そう思うと、原始的な所有欲が満たされ、刺すような痛みを覚えた。「それでぼくはその機会をきみに与えようと思った。きみの緊張をやわらげれば――」

「わたしを酔わせようと思ったのね」アイスバケットに入っている二本目のボトルを指した。「そして、だましてしゃべらせようとしたのね！」

その言葉は彼の神経に障った。エンジェルは彼の心遣いを非難し、自分を犠牲者に仕立てようとしている。「きみをだます必要などないさ。ぼくに子どもがいるとしたら、知る権利がある。彼女のことを知る権利があるんだ！」

エンジェルは憤然として大きく息をついた。アレックスは何を知っているの？ 親であることは単なる権利ではない。特権よ！

「権利ですって？ あなたには権利などないわ。わたしが許可したときだけ、あなたはジャスミンに会える。わたしがここに来たのは、あなたがジャスミンの人生に関わってほしい人かどうか知るためよ。いまわかったわ。あなたはふさわしくない。娘には決してあなたを近づけさせない！ あなたは人をチェスの駒のように扱う。あなただけは娘の父親には選ばないわ」

二人はテーブルを挟んで、決闘でもしているかのように息を弾ませて対峙《たいじ》していた。発射するのは弾丸ではなく怒りの言葉だが、言葉は痛みを与え、いったん口にされると、撤回することはできなかった。

エンジェルは言ってしまったあとも腹を立てていたが、後悔しはじめていた。

アレックスはテーブルに手を置き、身を乗り出して、冷たい青い目で彼女を見すえた。

口を開くと、声は興奮していたときより低くなっていた。最大の恐怖を与えるために選び抜かれた冷ややかな声だった。

「きみは挑戦する相手を間違った。きみの娘をぼくから離しておくことはできない。ぼくに会わせないようにしようとするなら、きみのほうが面会権を懇願する羽目になる。もしきみが世間に話せないような家庭内の秘密を持っていれば、ぼくの弁護士がそれを利用するだろう」アレックスは彼女の青白い顔に向かって冷ややかに告げた。「始めたのはきみだが、ぼくが終わらせる。それは確かだ」

それだけ言うと、アレックスは去っていった。

エンジェルは凍りついたようにその場に立っていた。エンジンの音が聞こえると、ようやくそちらを振り向き、車が埃《ほこり》の中に消え去るのを見た。

彼はエンジェルを残して行ってしまった。

エンジェルはいまの状況が信じられなかった。舞い上がる埃から料理やワインへと視線を移して、声をあげて笑い、椅子に座りこんだ。

「少なくとも、飢えることはないわね」

二十分ほど座ったままでいると、食事の用意をした男性のひとりが現れた。様子が変だと思っていたとしても、そんなことはおくびにも出さずに丁重に尋ねる。

「本土に戻る準備はよろしいですか？」

エンジェルは救助に来てくれた男性の足にキスをしそうになったが、あえてよそよそしい態度をとり、儀礼的な笑みを浮かべてうなずいた。

7

アレックスは二キロほど走って車を止め、ハンドルの上に腕を置いた。島の隅々まで知っていると思っていたが、頭をヘッドレストに押しつけて太陽を遮っている木々を見上げ、方角を確かめようとした。

「うまくいったぞ、アレックス」彼は独りごちた。

計画どおりだ。エンジェルの非難をすべて否定した。とはいえ、彼女はそれほど間違っていただろうか？

しゃにむに運転して満足を得ても、なんの解決にもならない。すべて台なしだ。父親だとわかった感動をよく味わいもしないうちに、行動を起こしてしまった。自分が聞きたかったことをエンジェルが言わなかったせいで、攻撃的になってしまい、ただでさえ難しい状況をさらに難しくしてしまったのだ。

バンガローに戻ったエンジェルのしたいことはただ一つ……。いいえ、実際は二つあった。ベッドに身を投げ出して泣き、何かを壊したかった。三十分以内に娘とインターネットでチャットをする予定だったので、一つ目はしなかった。そして二つ目は……。大人は癇癪《かんしゃく》を起こして物を投げたりしない。

そしてもちろん、アレックス・アルロフは大人ではない。彼は自分の思いどおりにならなかったので、癇癪を起こして去っていった。なかなかの癇癪だった。エンジェルが彼のルールに従うのを拒否したので、彼女を血も凍らせるほど脅迫して、立ち去った。洗練された外見の下に心底非情な人間が隠れていたということだ。

アレックスは同じようなやり方で育児をするのだろうか？　状況が難しくなったら、手を引くの？

エンジェルは体の脇で拳を握り、部屋の中を歩きまわった。彼のせいで頭が変になりそうだ。これはわたしの問題でも、わたしの感情の問題でも、ついでに言えば、彼の問題でもない。これはジャスミンの問題であり、大事な娘が不当な苦痛や拒絶に遭うような危険は冒したりしない。

エンジェルが泣いたのは、娘とチャットをしたあとだった。怒りよりも後悔の涙だった。娘は本当にかわいい。そんな娘には、ありのままに受け止めてくれる父親がふさわしい。子どもを持つということがどういうことか、アレックスはわかっているのだろうか。それとも、彼にとってジャスミンは所有物の一つにすぎないの？

そして、あの脅迫。彼は本気だろうか？　娘を取り上げたりしないよう、法律上の助言を得たほうがいいのだろうか。アレックスが穏やかな声で脅迫したことを思い出すと、体が震えた。

パニックに陥ったりしないで。闘うのよ！

その日の夕方、エンジェルは誰とも口をききたくなかったが、無愛想だと思われたくないので、大きいテーブルにつき、ひたすら笑みを浮かべていた。英雄的な行為をからかわれても、気さくに答えた。やがて、撮影予定が遅れたことをいちばん憤慨していた広告会社のジェイクが、陽気に話している理由がわかった。

エンジェルは傍らに座っているクライヴに話しかけた。「彼が落ち着いてくれてよかった」

「もちろん落ち着くさ。無料で広報活動ができたんだから！」

エンジェルは思わず尋ねた。「無料で？」

「本気で言っているのか？」ほろ酔い加減のクライヴは、エンジェルの顔をまじまじと見た。それからおもしろそうに笑った。「我らがエンジェルは何も知らないらしい。きみの英雄的な行為の一部始終を誰かがスマートフォンで撮り、ウェブにアップロードしたのを知らないなんて」彼女のほうに顔を向けて話を続ける。「そうしたら、あっという間に広まった。ジェイクにとっては、無料の広告はセックスよりいいんだよ」

「ああ、なんてこと！」

エンジェルが本気でぞっとしている様子に、クライヴはますます笑った。「もちろん、全部演出だという説もある。陰謀説は嫌いかい？」

「ええ」エンジェルは腹立たしげにため息をついた。外見は魅力的なのに、悪意に満ちたユーモアをまじえてくるクライヴに、うんざりしはじめていた。アレックスのほうがもっと不快で無愛想だったけれど……。どうしてアレックスのことを考えるの？　エンジェルは無言の自問自答はやめ、明るい笑みを浮かべた。「好きじゃないわ。だって、プライバシーは尊重しないと」

クライヴはどちらともつかない、あやふやな笑みを浮かべた。彼女はまじめに言っているのだろうか？「きみは職業を間違えたと思ったことはないか、エンジェル？」

「しょっちゅうよ」エンジェルはそっけない笑い声をあげ、右隣のサンディに注意を向けた。サンディはいまの仕事を、自分の目標を達成するための手段と割り切っていた。五年という期限を決めてお金をため、ファッションデザイナーとして自分のブランドを立ち上げるつもりだという。そのときが来たら、彼女はなんの未練もなく仕事をやめるだろう。

惜しげもなくつがれるワインは避け、食事を終えると、エンジェルは疲れているからと断って早めに席を立った。バンガローに歩いて戻るあいだに携帯を確認すると、メールが五十通届いていた。

兄からの二つのメールに返事を送った。兄を落ち着かせるには思った以上に時間がかかった。そしてジャスミンには母親が得た名声については話さないという兄の決定に同意した。もしアレックスと法廷で争うようになったら、ネット上で英雄になったことが影響するだろうかとふと思った。

兄は彼女に罪悪感を覚えさせるようなことは言わなかった。だが、バンガローに着くころには母親としては落第だと思いながら、ドアの磁気カードを探していた。

「鍵はかかっていない。誰でも入れる」

エンジェルが叫び声をあげて振り向くと、影の中から長身の人物が現れた。月に照らされていなくても、彫りの深い顔立ちは見間違えようがなかった。

「入ったの？」エンジェルはなんとか落ち着いた声で尋ねた。彼の声を聞いただけで制御できない反応が次々と起こり、彼がそばにいるだけで、差し迫った苦しいほどの感覚が全身にあふれてくる。

誰かを憎みながらも、どうして同時に欲しいと思えたりするの？

胸に手を当てると、興奮した胸の先端をかすめてしまい、思わずひるんでしまう。心臓は喉までせり上がったようで、耳の奥では鼓動がとどろいている。エンジェルは顎を上げ、繰り返した。「中に入ったの？」

「招かれるまで待つつもりだった」

「だったら長く待つことになるでしょうね」エンジェルはよくある返事で応じたが、自分でも嘘《うそ》だとわかっていた。この男に関する限り、ドアに鍵をかけるどころか、大きく開けて中に引き入れたくなる。

アレックスはエンジェルのけんか腰の言葉に反応しなかった。彼女が顔を拭った手を目で追う。「震えているじゃないか」

エンジェルはまばたき一つしない青い目を意識し、非難しているような彼の口調に腹立たしさを覚えながら答えた。「前にドアを開けようとしたとき、茂みから飛び出してきた人がいたから。いまは接近禁止命令を受けているけれど」

アレックスの顔から冷笑が消えた。「接近禁止命令?」関係がこじれたのだろうか? 彼は手をぎゅっと握り締めた。「誰なんだ……男か?」

エンジェルは事件について口を滑らせたことを後悔し、肩をすくめた。「ただのかわいそうな人よ。実害はなかったわ」

アレックスは頰を引きつらせ、信じられないというように彼女を見つめた。「実害がないのに、接近禁止命令が認められたわけだ」アレックスは怒りを込めて皮肉を口にした。無防備で傷つきやすい彼女が頭のおかしな男のなすがままになっているところを想像したとき、彼が感じたのと同じ怒りだった。もっとも、そういう彼は今日、考えつくあらゆる脅し文句で彼女を攻撃し、傷つけようとした。

「彼が持っていたのはブレスレットだけだったの」

「何を持っていると思ったんだ?」

「ナイフよ」恥ずかしそうに顔をしかめてつけ加えた。「言葉もないわ。テレビの見すぎね」

「ぼくのことをナイフを振りまわす異常者とでも思ったのか?」

エンジェルは首を横に振った。「驚いただけ。それに彼はナイフは持っていなかったし、異常者ではなかった。とてもまともとは思えなかったけれど」

結局のところ、アレックスを見たときのエンジェルの反応もまともとは言えなかった。いまもみぞおちのあたりの筋肉が震えている。夕方の大半の時間を、考えられる限りの悪態をつきながら過ごした。なのに、彼を見た瞬間、喉が苦しくなって、胸がどきどきしはじめた。

「お客にコーヒーを出し、笑みを見せられただけで気が合うと思いこむような人は、問題だと思うわ。わたしだってプレゼントだと気づいていたら、彼の頭を植木鉢で殴ったりしなかった。でも、わたしはいいことをしたかもしれない」エンジェルは考えた。「植木鉢は警察の忠告よりずっと効果的で、彼のほうでわたしとは気が合わないと悟ってくれたから」

「植木鉢だって?」アレックスは彼女の話をなんとか理解しようとした。

「近くには植木鉢しかなかったの」

申し訳なさそうな口調に、アレックスは笑いを噛《か》み殺した。彼女は直感で行動する女性なのだ。

若さゆえの無謀な性急さと情熱的な性格が結びつけば、最後には妊娠することになる。だが、自分がどうして最初の相手だったのかが不思議だった。アレックスはまだ理解できないでいた。

彼に弁解の余地はなかった。だから、ここに来たのだ。それに、取り乱した自分を許せなかった。

「昼間きみが言ったことは……正しい。きみが言おうとしなかったことを、ぼくはすでに知っていた……。ただ、ぼくは聞く準備がまだできていなかったんだ」彼はくしゃくしゃの黒い髪を手で梳《す》いた。服も午後と同じものを着たままだ。六年前の夜以来、無精髭《ひげ》の生えた彼の顎を見るのは初めてだった。

「わたしから直接聞く準備?」エンジェルは手厳しい反論を予期したが、彼は拍子抜けするほどあっさりとうなずいた。

「それはきみが決めることだ。きみの決定に従うよ。きみを脅したりして身勝手だった。すまない。ぼくは嫌われて当然だ。避妊の措置もしないできみとベッドを共にした。軽率だった。ぼくは決して……」

エンジェルは自己嫌悪に満ちた彼の声に動揺したが、できるだけ冷ややかな口調で言い返した。「ジャスミンが欲しいのね」

アレックスは顔をこわばらせたが、巧みに失望を隠した。さっきは無神経な男のように振る舞ったことは自覚していた。質問をして、準備を整えなくてはいけなかったのに、脅迫まがいの言動に出てしまった。

「そうだ。ぼくは我が子の父親になりたい。だが、きみの言うとおりだ。ぼくは決定を下す立場にはいない」

決定を下す立場にはいない、というのはアレックスにとって初めての経験に違いない。しかし、エンジェルは新しいアレックスは信用できず、油断するつもりはなかった。

「数時間前には親権について争うと言っていた人にしては、ずいぶん大きな方向転換ね」

「リジーのことを話しただろう……」

「異母妹の?」

アレックスはうなずいた。「彼女は十歳になるまで、誰が父親かということも、自分が望まれているということも知らなかった。ジャスミンには自分が望まれていることを知ってほしいんだ」

彼の最後の優しい言葉は、エンジェルの敵意に満ちた姿勢を揺さぶった。「ジャスミンは知っているわ!」すぐさま言い返す。「自分は厄介者以外の何者でもないと思うことがどんなものか、わたしは知っている」エンジェルはきまりの悪い思いをしながら、彼の視線を避けた。「だから、ジャスミンには一秒たりとも、望まれていないとか愛されていないとか思わせたことはないわ」

「きみはすばらしい母親だと思う。だが問題はそういうことではない」

彼はわたしのことを本当にすばらしい母親だと思っているの？「だったら、何が問題なの、アレックス？」一見よく似た状況のせいで、彼は自分の過去を思い起こしたのだろう。「これはあなたのお父さんとの関係とは違うのよ。過去に起こったことで現在のことをゆがめてはだめ」

アレックスは信じられないと言うように笑い声をあげた。「きみの育児法がきみの母親と正反対なのは偶然か？　批判しているのではなく、事実を言っているんだ。人は親の間違いを避けようとする。失敗する者もいるが……」自己嫌悪に、皮肉めかして言い添える。

「歴史は繰り返すというからな」

「そんなことはないわ！　事情がぜんぜん違う」エンジェルは憤然として言った。

「リジーの母親が妊娠したことを父に黙っていたのは、父が結婚していると知っていたからだ。きみはぼくの名前も知らなかった。父はぼくにとって理想の父親だった。ぼくと精いっぱいつき合ってくれた。父が彼自身の父親と疎遠だったからだろう。ぼくたちは何をするのも一緒だった。だが、その後……。ぼくたちの関係は二度と元に戻らなかった。ぼくは父に軽蔑していると言った。機会があるたびに、父の過ちを持ち出した。結局、父を見習う羽目に陥ったのだから皮肉な話だ」

「でもあなたは違った！」エンジェルは大きな声で指摘した。「あなたは違う……」

彼は視線を上げた。彼の青い目が自己嫌悪にきらめく。「結婚していなかった……。ぼくは妻を数週間前に亡くしていたからな。それでぼくが少しはましな人間ということになると？」

彼の苦痛に満ちた声に、エンジェルはたじろいだ。「人は悲しみに暮れているとき、普通ならしないことをするものよ」

アレックスの口から驚きの声がもれた。影の中からエンジェルに近づいてくる。「ぼくがしたことを許すというのか？　まさか、きみが！」

「あなたは自分に厳しすぎる。あなたは奥さんを愛し、傷つき、悲しんでいた。それも長く……」

「いずれそうなると、わかっていたことだ」

「だからといって、それで楽になるの？　そんなに自分にきつく当たることはないのよ」エンジェルは彼の驚いた顔を見たが、ひるむつもりはなかった。「奥さんがあなたを必要としているとき、あなたはそばにいたんでしょう？」

「そうだな……だがぼくには……」

「つらいことはわかるわ。でも、あなたは最善を尽くした。そして奥さんが亡くなると、あなたはあなたらしくないことをした。もう奥さんのことを愛していないからではなく、考えたくなかったからよ」エンジェルは悲しげに首を振った。「奥さんがどんな方か知らないけど、きっとあなたの行動を理解し、裏切りだとは考えないでしょうよ。少なくともわたしなら、考えない」

エンジェルの寛大な心に触れ、アレックスは自分がつまらない人間のように思えてきた。

「きみはぼくより立派だ」

「だといいけれど。あの夜、あなたはセックスに我を忘れ、わたしは……」エンジェルは苦々しげに笑った。「恋に恋していた。慌てないで」彼の表情を見ながら、言い足した。

「わたしは成長したから」

「ひとりで子どもを育てると、成長するんだろうな」エンジェルはあの夜の行動について彼の罪悪感をやわらげたかもしれないが、その結果に対する罪悪感については別だった。

「ぼくは自分の子どもに、彼女がぼくに望まれていると知ってほしいんだ、エンジェル」

「どうして最初からそう言わなかったの？　あなたの妹さんはつらい時期を過ごしたでしょうけど、ジャスミンは自分が望まれていると知っているわ」

「ぼくに望まれているのは知らない」

彼の言葉にエンジェルの心臓が大きく打った。またたく間に下りた夜のとばりの中で、彼の表情を読もうとした。

「ぼくは手助けをしたいんだ。ジャスミンの人生に関わりたい。それは身勝手なことだろうか?」アレックスは大きく息を吸った。「脅迫はなしだ」

「怖くなんかなかったわ」嘘よ。怖かった。けれど、アレックスに立ち向かえる兄の保護がなければ、もっと怖かっただろう。わたしのために闘って、と兄に頼むところだった。

「ぼくには子どもの人生の一部になる必要があるんだ」

エンジェルの不安げなまなざしが、彼の大きめの官能的な口元に引きつけられた。望むことと必要とすることには大きな違いがある。彼女は自分の顔に欠点を発見する必要があるのと同じように、あの口元をもう一度見直す必要があった。そして、彼女はそれをひどく傷つけてやりたいと望んでいた。

エンジェルは挑戦するように顎を上げ、咳払《せきばら》いをした。

「キスをすれば、わたしが何にでも同意すると思っているのね?」エンジェルは言った。

「あなたの問題は、自分が誰もが抵抗できないほど魅力的だと思っていることよ!」話しながら、エンジェルは自分でも半分信じてしまいそうだった。

半分どころではない。彼がバンガローの低い階段を二段ごとに上がってくるあいだ、エンジェルは動くことも息をすることもできなかった。彼が傍らに来たとき、ようやく彼の意図に気づいたが、止めるには遅すぎた。

アレックスは大きな手で彼女の顔を包みこんだ。「キスは……?」彼は白い歯を見せて貪欲そうな笑みを浮かべると、頭を下げてゆっくりとキスをした。時間をかけて彼女の唇のあいだから舌を滑りこませ、彼女を味わった。言葉にできない甘やかさに、腿のあいだが痛いほど熱くなった。

ようやく彼が顔を上げると、エンジェルは口を開いてあえいだ。彼の手でウエストを支えられているのがわかる。膝から力が抜けて立っていられず、脚が自分のものとは思えなかった。

「きみにキス以上のことをしようと思っている、エンジェル」彼がかすれた声で言うと、エンジェルは期待に震えた。彼は彼女の目を見つめたまま、下唇に舌を這《は》わせ、優しく噛んだ。「問題はあるか?」

彼の問題は自分が神からの贈り物だと思っていることよ! そして、わたしの問題はそのとおりだと思っていること。

エンジェルの頭の中では、よく吟味した言葉に辛辣さをちりばめ、アレックスを押しのけていた。ところが実際は、彼に寄りかかり、痛いほどの胸のふくらみを彼の胸に押しつけて、彼の鼓動と熱気と男らしさに夢中になっていた。彼の頭を引き寄せ、舌をゆっくりと彼の唇に這わせてその感触を味わい、彼の香りを胸に吸いこんで、半ば目を閉じてささやいた。「問題ないわ」

彼の目に欲望がゆらめき、エンジェルの肺の中で息が熱く燃え上がった。彼女が震えながら立ちつくしていると、アレックスは彼女の豊かな髪に指を差し入れて頭を後ろに押しやり、彼女のすらりとした喉をあらわにした。

アレックスが喉元の脈に口を押しつけると、エンジェルは目を固く閉じた。彼女のため息は長いうめき声に変わり、彼の舌と唇が首を這い上がって口まで達すると、彼女の歯のあいだから声がもれた。まるでマラソンでもした後のように、彼女の肌はうっすらと汗ばみ、呼吸が速くなった。

アレックスの呼吸も激しくなっていた。彼の鼻が彼女の鼻をこすると、エンジェルは腕を彼の首にまわした。彼の顔はすぐそばにあり、髪の生え際のかすかな白い傷跡が見えた。アレックスは上を向いた彼女の顔を見つめ、額にしわを寄せた。緊張に彼の肌は張りつめ、彫りの深さがいっそう際立った。息をのむほど美しい彼の顔に荒々しい渇望が浮かび、エンジェルは全身を激しい欲求に貫かれた。

エンジェルは、燃え広がる山火事のような欲望に怯《おび》えながら、自分の声とは思えない声でささやいた。「これが必要なの。あなたが必要なのよ」

彼の口が押しつけられた。エンジェルが体を弓なりにしてキスを返し、荒々しくも熱い欲求に応えると、アレックスの喉からうめき声がもれた。

「ああ、ぼくは持っていない……。気をつけなければ」

「大丈夫、ピルをのんでいるから」

「よかった！」

夢中になってキスをしながら、二人はよろめくように後ろへと歩いた。エンジェルは背後でバンガローのドアの閉まる音がかすかに聞こえたとたん、足を滑らせ、よろめいた。転ぶ前に抱き上げられ、運ばれていった。百七十八センチの女性にとっては初めての経験だった。

寝室に入ると、アレックスはベッドに片膝をつき、柔らかいダウンのキルトの真ん中にエンジェルを座らせた。そのまま呆然《ぼうぜん》と座っている彼女は美しく、彼の感情を閉じこめていた箱が開いた。

「きれいだ」アレックスは、情熱を浮かべて彼を見上げる目を見つめた。親指で頬に触れると、彼女が震えているのがわかった。

エンジェルは彼の手首をつかんで手のひらに唇を押し当てて目を閉じた。アレックスを嫌っていたのに、またたく間に彼の苦痛を感じ取り、彼が欲しくてたまらなくなった。

「これがわたしよ、エアブラシで修整されたわたしではなく」

アレックスはおもしろそうな声をあげた。感情の波にのまれ、自制心を保っているふりはやめた。いまの状況を、そして彼女を楽しむことにした。

「きみの裸なら以前見たことがある」

彼が立ち上がると、エンジェルは目を開けた。彼のシャツの前をつかんで、後ろに倒れながら、彼を引き寄せた。

アレックスはかすれた笑い声をもらし、片腕をついて半身を起こすと、情熱でくぐもった声で言った。「きみを押しつぶしてしまう」

エンジェルはシャツをつかんだまま強く引っぱった。ボタンが部屋中に飛び散るのを見て、笑みを浮かべる。彼の温かい黄金色の胸に手を押しつけ、体を起こしてキスをし、彼の唇を噛んでささやいた。「押しつぶしてもいいわ」彼のせいで目覚めた欲求は激しい奔流となり、止めようがなかった。エンジェルは自制心を失った。もう何も考えられない。ただ彼の中で我を忘れたかった。

膝をついて彼女の上になったアレックスは、彼女から目を離すことができず、なんとかシャツを脱いで投げ捨てた。

敏感になったエンジェルの肌は、かすかに震えただけで、着ているものにじかに触れるのがわかった。衣類は重く、暑くてたまらない。視線が彼の上半身をさまようと、呼吸ができなくなり、腹部が痙攣《けいれん》した。彼の体は完璧だった。固く締まった肌は汗で黄金色に光っている。広い胸はたくましく、渦を巻く黒い胸毛と厚い筋肉が際立っていた。腹部は平らで、胸から続く矢のような黒い毛で二分されている。

アレックスはリネンのズボンのウエストバンドに通していた細いベルトのバックルに手

をやった。彼を感じたい、見たい——激しい欲求に駆られていたエンジェルは、震える指で驚くほどすばやくバックルを外した。

エンジェルがベルトを取る前に、アレックスは彼女の両手をつかんで彼女の頭上に固定した。それからゆっくりと官能的な執拗《しつよう》さでキスをしてから、エンジェルが着ていた薄いシャツを脱がせた。

エンジェルは淡いピンクの小さなブラジャーとショーツを着けていた。

アレックスはうれしそうに低いうめき声をもらし、ブラジャーの留め具に手を伸ばした。ブラジャーがなくなると、エンジェルは枕に頭をのせた。するとアレックスは体をかがめ、両手を彼女の脇腹から胸郭へと滑らせ、胸のふくらみを覆った。エンジェルは彼に近づこうと体を弓なりにし、彼の首に腕をまわした。熱く火照った下腹部を彼に押し当てようとしながら、彼のたくましい首に激しいキスを繰り返した。

エンジェルは目を固く閉じ、彼の豊かな髪の中に両手を入れて、あらゆる感覚を味わおうとしたが、充分とは言えなかった。

もっと欲しかった。さらにもっと必要だった。

「わかっている」アレックスの熱く湿った息が頬に、首に、それから胸のふくらみにかかると、エンジェルは大きく口を開けてあえいだ。彼の両手が胸郭へと動き、舌が胸の先端の周囲をたどり、やがて硬くとがった頂を口に含んだ。

エンジェルは欲望に熱に浮かされたようになり、ショーツを引き下ろされたことにも気づかずにいたが、アレックスの手で脚を開かれ、あえぎ声をもらした。脚のあいだに彼の指が滑りこみ、最も感じやすい部分を探し当てる。エンジェルの息が激しくなった。彼の指がリズミカルに動きだすや、エンジェルはうめき声をあげ、体をベッドから持ち上げた。

「こうされるのが好きかい？」

エンジェルはうなずいた。アレックスの燃えるようなまなざしにめまいがしそうだったが、彼に触れさせているのは信頼のあかしだとよくわかっていた。子どもの父親であるこの男性とは絆《きずな》で結ばれている。だから驚くことでも恥ずべきことでもなかった。

エンジェルは頭を上げ、むさぼるようにキスをした。もう自制心を保とうとは思わなかった。そうしたくはなかった。ただアレックスが欲しかった。彼に焼きつくされ、彼と一つになりたかった。

「あなたが欲しい！」

わたしは声に出して言ってしまったの？

「ああ、もう何も考えられない」アレックスはうめいた。「きみの写真を見てからずっとだ」隣に横たわり、エンジェルの目を見つめながら、彼女の手を取って自らの欲望のあかしへと導く。「これほどまでにきみが欲しくてたまらない」

彼女に触れられると、半分閉じていたアレックスの目が熱に浮かされたように輝いた。

彼の顔に荒々しい欲情が浮かぶと、エンジェルは信じられないほどの興奮を覚えた。

エンジェルの唇が開き、彼の口が下がってきて、彼女を味わいつくすほど激しいキスをした。アレックスが上になるや、エンジェルは彼を自分の中へといざなった。アレックスが入ってくる最後の瞬間まで、彼をじっと見つめていた。

やがてエンジェルはきつく目を閉じ、全身でこの感覚を受け止めようとした。自分のあえぐ声が聞こえる。「ああ、お願い！」

二人は一緒に動いた。彼は両手で彼女のヒップをつかんでベッドに押さえつけようとし、エンジェルは長い脚を彼に巻きつけた。息を切らしながら同じリズムを刻んだ。二人のあえぎ声にうめき声が混じり合い、二人はついに一つに溶け合った。エンジェルは激しく燃えさかる炎に身を任せた。

ふわふわと漂いながら現実が戻ってくると、エンジェルは身が軽くなったような気がした。これまでずっと背負っていた重荷が消えていた。恐れは消えた。自分の母親とは違う。わたしは彼を愛している。

闇の中に横たわり、いま起こったことに、そしてもう恐れてはいないことに感謝した。アレックスは彼女の一部だった。彼が同じように感じていないと思うと、悲しかったが、同時にこの瞬間を存分に楽しもうと思った。

今夜はまだ終わらない。もう切迫した激しい体験にはならないかもしれないけれど、さらにもっと官能的な体験にはなるだろう。

エンジェルは肌寒さに目を覚ました。上掛けは床の上でしわくちゃになり、アレックスはベッドの片側で寝ていた。エンジェルがベッドを横切って彼の温かい体に体を押しつけると、彼が目を覚ました。水平線に光の筋が見える。もうすぐ朝になる。それから、どうなるの……？

エンジェルは身震いし、寂しさに胸が締めつけられそうだった。何をばかなことを。わたしはひとりではない。ジャスミンがいる。そう思うと、ため息がもれた。

「寒いのか？」

「大丈夫」口がアレックスの肩に触れていたので、くぐもった声になる。肩にまわされた彼の腕は重く、頼もしかった。エンジェルは、なめらかな脚に触れる彼の硬い腿の感触が好きだった。

あまり好きになってはだめと、心の声がエンジェルに警告した。その声を無視し、腹部の上でゆっくりと円を描く彼の手の動きに神経を集中した。

ふいにアレックスの手が止まり、彼が緊張するのがわかった。

「これはなんだ？」

エンジェルは身を震わせたが、今度は喜びのせいだった。彼が手首の付け根を恥骨の盛り上がった部分に置いたのだ。彼の親指は巻き毛でわかりづらくなっている細く白い線に沿って動いた。

「出産中に合併症を起こし、帝王切開をしたの」

アレックスは冷たい手で胸をわしづかみにされたように感じた。自分のせいで彼女にさまざまなことが起こったというのに、何も知らなかったのだ。

「死ぬ危険もあったのか？」アレックスの胸に罪悪感がこみ上げた。ぼくは何をしていたんだ？　レーシングカーを運転していたのか？　契約書にサインをし、ひとりで祝っていたのか？　美人を相手に技巧を駆使して完璧なセックスを楽しんでいたのか？

昨夜のセックスには技巧など何一つ必要なかった。率直で、激しく、ありのままだった。なぜここまでして彼女を自分の人生に引き戻したのか、ようやくわかった。この感覚を、この感情的な結びつきを取り戻したかったからだ。

「発展途上の国でなら、その可能性もあったでしょうね。でも、そうじゃなかった。よくあることよ」とはいえ、本当に怖かった。

アレックスは彼女の言葉を信じなかった。彼は彼女の純潔を奪い、妊娠させた。「ひとりだったのか？」

エンジェルは首を横に振った。

「母親が一緒だったのか？」

エンジェルの口から笑い声がもれた。

彼女はアレックスの手を握った。口元に引き寄せ、キスをし、彼の口にもキスをする。それから乱れた息が落ち着くのを待って、笑みを浮かべて答えた。「出産のとき、母がどの国にいたのかも知らない」

アレックスが悪意に満ちた言葉をつぶやいた。

「ロシア語で毒づき方を教えてくれない？　満足できそうだわ」

「きみがイタリア語で愛し合い方を教えてくれたらね、いとしい人《カーラ》」

「いいわよ」

「出産のとき、ひとりではなかったと言ってくれ」

「ひとりではなかったわ」エンジェルは彼の声音に自責の念を聞き取った。「友だちのクララがいてくれた」エンジェルの陣痛は四十八時間続いたが、クララは最初の数時間は若い医者と仲よくなることに努め、肝心なときに優雅に気を失った。陣痛がひどい状態になると、クララは脳震盪《のうしんとう》と診断され、病院に一泊することになった。半年後、クララがハンサムな若い産科医と結婚したときには、エンジェルは花嫁付添人を務めた。

「兄はわたしが産気づいたと知ると、ドバイから駆けつけてくれた。ジャスミンは一カ月早く生まれたの。わたしが意識を取り戻したとき、兄がジャスミンを抱いていたわ」助産師の話によると、兄は廊下がすり減るほど行ったり来たりして、彼女が麻酔から覚めるのを待っていたという。

ぼくがそれをするべきだった。アレックスはそんな自分の強い思いに驚いた。ぼくが赤ん坊を抱くべきだった。ぼくは貴重な体験をする機会を失ってしまったのだ。永遠に。

エンジェルはいくつかの詳細を省いて話した。たとえば、重症ケアユニットで意識を回復したこと、あるいは麻酔から目を覚ましたとき兄の声が聞こえたこと。兄は、妹が将来子どもをもう持つことができないのは確かなのかと医師にきいていた。

〝望みはないのですか？　体外受精は？〟

〝不可能ではありませんが、まず見こみはないですね〟医師は答えた。〝わたしから赤ちゃんの父親に話しましょうか？　それともあなたが？〟

〝妹をこんな目に遭わせたやつを見つけたら、ただではおかない！　ほかの女性に同じことをしないよう徹底的にこらしめてやる。妹はまだ目が覚めないのですか？〟

目を閉じ、意識が戻っていないふりをしていたエンジェルは、薬のせいでまたすぐに眠りに落ちた。

目が覚めたとき、偶然に聞いた会話を覚えていたので、あとで兄から聞かされたときに役に立った。わたしは大丈夫だと穏やかに答え、兄の気持ちを楽にすることができた。数日後に退院したときには、彼女がとてもみごとに対応できていると誰もが思った。けれどエンジェルは、自分が取り乱すのをみんなが待っているような印象を打ち消すことができなかった。

しばらくして、エンジェルが取り乱すことはないとわかると、みんなは彼女のまわりで気を遣うのをやめた。エンジェルはほっとして、子どもの世話に専念することができた。怒りは喜んで兄に任せた。エンジェルは何一つ話していないのに、兄は子どもの父親は既婚者だと思っていた。

半年後のある朝まで、自分は大丈夫だとエンジェルは思っていた。ジャスミンには小さくなってしまった服を畳んで片づけていたときだ。新生児用の手編みのカーディガンは娘が着ていたのが信じられないほど小さかった。ふいに現実に思いいたった。小さくなった服をどうして薄紙に包んでしまっておくの？　これを着る弟も妹もできないのに。

わたしにはもうこれ以上、赤ちゃんができない。

涙があふれてきた。最初は黙って泣いていたけれど、やがてすすり泣きから、苦しげなむせび泣きになった。ずいぶんたってから、エンジェルは涙を拭き、次の日には赤ん坊の衣類を慈善のためのリサイクルショップに持っていった。

それ以来、赤ん坊のことは考えなかったが、いまになって、失われた将来のために泣く必要があったと気づいた。いまは人生を前向きに生きている。

アレックスはどうなのだろう？　妻との将来をなくし、まだ悲しんでいるのだろうか？

「奥さんは長いあいだ病気だったの？」

一瞬、アレックスは体をこわばらせ、エンジェルから離れた。「そうだ」

「悲しみがとても個人的なことだとはわかっているわ」エンジェルは彼の背中を優しく撫《な》で、大きく息を吸ってからためらいがちに続けた。「わたしの友人はグリーフ・カウンセリングを受けて——」

「カウンセラーはいらない」アレックスはぴしゃりと遮った。「ぼくにはきみがいる。きみの言うとおりだ。ぼくはセックスで悲しみを忘れようとしたことで、罪悪感にさいなまれた。自慢できたことではないが、きみのおかげで……前に進めたんだ、エンジェル。問題は——」彼はそこでいったん言葉を切った。「きみは前に進めたのか？」

たちまち立場が逆転したことで、エンジェルは混乱した。人を励まし、理解していると感じたとたん、次の瞬間には自分の心配事と向き合うように言われたのだ。あまりにも急すぎる。

8

エンジェルは目を閉じて寝ているふりをし、彼が着替える気配を感じていた。しかしアレックスがほかの部屋へと歩いていくのがわかると、起き上がった。二人のあいだの距離が開いたまま、彼に帰ってほしくなかった。

部屋着の紐《ひも》を締め、そっと隣の部屋に入っていった。アレックスはジャスミンの写真が入っている銀色の額を手にしていた。顔には切望と苦痛の入り交じった表情が浮かんでいたが、エンジェルに気づいた瞬間に消えた。

エンジェルは喉をふさぐ塊をのみこみ、〝おはよう〟と言った彼に応えた。

「ジャスミンに会ってもいいわよ」

彼は身を硬くし、困惑したような顔になったが、すぐに笑みを浮かべてうなずいた。

「うれしいね」

「あなたのことを娘に話す時期と方法をわたしが決めるのでよければ」

アレックスはゆっくりとうなずいた。「そのほうがフェアだと思う」

エンジェルは大きくため息をつき、うまくいくことを心から願った。「さっそく手配するわ。もう一つ……だめよ！」アレックスが近づいてくると、エンジェルはかぶりを振り、彼を押し返そうとするように手を伸ばしてあとずさりした。

アレックスは部屋着の紐をほどこうとした手を止めた。落胆したものの、驚きはしなかった。「何がいけないんだ？」

そう、〝いけない〟という言葉が当たっている。彼はずっと、どんなときでも、どんな理由でも、考えてはいけない人だった。

「できないのよ」

彼の額のしわが消えた。「早朝の呼び出しがあるのか？　残念だな」アレックスは部屋着の下で硬さを増している彼女の胸の先に視線を落とした。これほど女性を欲しいと思ったことはない。シルクの部屋着をはぎ取り、シルク以上になめらかな彼女の肌を探索したかった。

「早朝の呼び出しはないわ。つまり、わたしが言いたいのは……」エンジェルは目を閉じ、うめいた。「そんな目で見ないで」

「どんな目だ？」

エンジェルは思わず大きな声を出した。「まるで……」

「きみと愛し合うことを考えている目か？」

アレックスはショックを抑えようとして目を細めた。もうセックスに罪悪感は伴わなかった。再び彼の生活の一部になっていた。

彼の率直な物言いに、エンジェルは顔を赤らめ、波打つ胸に手を当てた。「ちゃんと考えられない」言葉につまる。「できないと言おうとしているのに……」彼女は開け放たれた寝室のドアのほうに頭を動かした。ドアの向こうにはしわくちゃの寝具が見える。「あれよ」

「あれ?」

エンジェルは顎を上げ、思いがけず大きな声で彼の嘲りに答えた。「セックスよ。これも取り決めの一部よ。あなたがジャスの人生の一部になりたいのなら、わたしたちはきちんと行動しなければ」彼女は息をついた。これで終わった。これを終わらせたら、気が楽になるだろうと自分に言い聞かせていたのに、そうはならなかった。

「よくわからないな」

エンジェルはなんとか落ち着きを保とうとした。彼はわからないふりをしているけれど、彼の鋭い頭なら誰よりも早く理解しているはずだ。「子どもには継続する環境が、安心が必要なの」

朝食のたびに〝おじさん〟が次々と現れる環境は必要ない。ドアをばたんと閉める音や、大きな怒鳴り声、四六時中演じられるお芝居は必要ない。

「ぼくが反対すると思っているのか？」

「わたしよりジャスの要求を優先しているの」エンジェルは静かに言った。

いい母親になるための完全なルールなどないかもしれない。誰もが自分で答えを見つけないといけないのだろう。ただ、どうすれば悪い母親にならないか、無関心な親にならないかはわかっている。

エンジェルは子どものころ、せめて母が子どもの存在をときどき思い出してくれればいいと思っていた。美しい気まぐれな母は自分の思いどおりに暮らし、子どものほうが母に合わせた。

「そしてきみはぼくを必要としている」

彼の言葉を聞き、エンジェルは二人の考えがまだ同じではないと悟った。「これはあなたの自尊心の問題ではないの」彼女はかっとなり、部屋着の紐を締めたので、はからずも襟元が大きく開いた。

アレックスは顎をこわばらせ、彼女のふくよかな胸から視線を引きはがした。「では、なんだ？」遅ればせながら彼は理解した。話がどこに向かおうとしているかを。「結婚したいということか？」

彼は驚きはしなかった。女性から将来の夫と考えられることは初めてではない。普通は彼を結婚させようとする、かすかな合図にも用心しているが、今回はまったくわからなかった。自分自身の辛辣な言葉をやわらげるための、周到に準備された笑みも浮かばなかった。

それにアレックスが失望させた女性たちは、誰ひとり彼の子どもを身ごもってはいなかった。

アレックスは思案深げに目を細めた。子どもは別だ。子どものことを考えると、現実的な観点から結婚はそう悪いこととは思えなかった。もちろん古風な彼は、自分から結婚の申しこみをするほうがよかった。だが、エンジェルのぞっとしたような叫び声に思考が断ち切られた。

「結婚？　もちろん違うわ！」

嫌悪感は声だけでなく顔にも表れていた。まるで彼の自尊心に抗議するのは決まってエンジェルだと言わんばかりだ。

「ばかげているわ」エンジェルは笑い声をあげ、自分は正気を失ってもいないし、愚かでもないと彼にわからせようとした。「わたしは妻には向いていない、本当よ」

「ばかげているって、親同士が結婚することか？」ぼくの花嫁になるのを悪夢とは思っていない女性は大勢いる、と子どもじみたことを口に出しそうになり、アレックスはなんとか我慢した。「そうだな、ばかげている……絶対にはやらないだろうな」彼はそっと窓へと歩いた。部屋の中を行ったり来たりするその姿は檻《おり》の中の虎を思わせた。

「お願い、これは冗談じゃないの」エンジェルは彼の遠ざかる背中に近づいた。

彼はくるりと振り返った。「すまない」

エンジェルの目が細くなった。「真剣に話してくれてありがとう」

「ぼくは真剣だ。ばかげた話に真剣すぎて疲れた」

彼の皮肉にエンジェルは唇を噛《か》んだ。

「言ってくれないか、いったい何を悩んでいるんだ、きみの――」

「かわいい頭で?」エンジェルは続きを言った。

彼の高貴な顔立ちにいらだちが浮かぶ。「きみはかわいくない」

エンジェルは自分の容貌を特に気に入ってはいなかった。できれば小柄なブロンドのほうがいい。けれど体つきに問題はなかったし、平均以上に魅力的だと思われていると気づいていた。だから彼の指摘に痛みを覚えたことが腹立たしかった。「ええ、わたしは醜いわ」子どもっぽい言葉が自分の口から出たことが信じられない。

「いや、きみはきれいだ」アレックスのまなざしがエンジェルから写真へと動く。「娘も。きみにとてもよく似ている」

今度はエンジェルはちゃんと答えることができた。「娘のほうがずっと優しい性格をしているわ」

「父親に似たのかもしれない」

アレックス・アルロフが優しい？　ほかのときなら、大笑いをしたかもしれない。エンジェルは冷静になろうと努めた。「あなたと関係は持てないわ、アレックス」

感情のないセックスに耐えることができたとしても、うまくいかないだろう。アレックスのこととなると、何も考えられなくなってしまう。単なるセックスだけの関係など続くはずがない。

エンジェルはひとりの男性のためにすべてをかける女性など、理解できなかった。理解したくもなかった。ただ、そんな男性が存在するとすれば、アレックス・アルロフがまさにその見本だということはわかっていた。

「誰が関係を持ちたいと言った？」

彼の怒鳴り声にエンジェルは身がすくみ、顎を上げて答えた。「わたしの思い違いね」

関係というほど明確なものを彼は考えていないのだ。「念のために教えてほしいのだけれど、あなたは何を考えていたの？」優美な眉を上げ、皮肉な口調できく。「セックスフレンド？」

「ぼくたちは友だち《フレンド》ではない」

「気づかせてくれてありがとう」

彼の引き締まった顔に後悔の色が浮かんだ。「そんな意味で言ったんじゃない……ぼくはただ……」アレックスはもつれた髪を手で梳《す》いた。「きみはぼくを夢中にさせる」

さまざまな意味に受け取れる、とエンジェルは思った。「心配しないで。率直に言ってくれてありがとう」彼がわめき散らすだけでなく、理解してくれることを願った。「あなたとセックスはできない。ジャスミンのために、わたしたちの関係を単純にしておく必要があるから」

アレックスは彼女の論理を理解しようとしたが、できなかった。「一緒に寝ることがどうしてジャスミンにとって悪いことになるんだ？」

「わたしの娘には、お互いに尊敬し合える関係について学んでほしい――」

「ぼくたちの娘だ」

アレックスの訂正に、エンジェルは歯をきしらせた。「五年間、彼女はわたしの娘だった」

「きみはそれを変えないといけないので憤慨しているのか」

既成事実だと指摘され、エンジェルはいらだちを覚えた。努力しているのはわたしのほうだということに、彼は気づいていない。

「娘にとってはわたしがお手本なの。不特定多数の男性とセックスができるとは思ってほしくない。わたしは母がヨーロッパでいろいろな男性とベッドを共にする姿を見た。母の男友だちがわたしの生活に出入りしたわ。そんな不安定な生活をジャスミンにはさせたくない」

「だから、結婚を要求しているんだな」アレックスは勝ち誇ったように言った。

「わたしが要求しているのは、欲望以上のものに基づいた関係、安心できる関係よ」

エンジェルのほっそりとした官能的な曲線に視線を走らせるなり、アレックスの下腹部は欲望に張りつめた。「安心できるだと！」彼はうんざりした口調で言い返す。「欲望のどこがそれほどまでに悪いんだ？　欲望から始めて何が悪い」

深く、吸いこまれそうに青い彼の瞳を見つめていると、めまいがしそうになり、エンジェルはやっとの思いで視線を引きはがした。「二人が同じことを考えているときに限れば、悪くはないわ」

「ぼくはきみが欲しいものを与えていると思った」

エンジェルは彼が理解してくれないことに失望を覚えた。「わたしの母は靴を取り替えるように男友だちを取り替えた。誰かに惹《ひ》かれ、その人が姿を消すのはどんな気持ちか、あるいは眠ろうとしたとき口論を聞くのがどんな気持ちか、母親のだらしない恋人に言い寄られるのがどんな気持ちか、わたしはわかっている」アレックスの目に怒りの炎が見えるのを見て、慌ててつけ加える。「一度だけだったし、兄が止めに入ってきてくれたの」

「きみの母親がひどい親だということと、どんな関係があるんだ？」

「何が悪い親か、わかっているということよ」

「いい親になるというのは、バージンに生まれ変わるということか？　きみはこれからまったくセックスをしないのか？　ぼくと体の関係を持ったら、ぼくたちの娘を傷つけることになるのか？」

「あなたはわざと話をねじ曲げている」

「それなら、娘の生活の一部になるか、きみとベッドを共にするか、という話ではないと言ってくれ」

「二者択一の話ではないわ、アレックス」

アレックスはうんざりしたように歯のあいだから息を吐き出した。「では、なんだ？」エンジェルの返事を待たずに、彼はさっと手を振った。「返事は聞きたくない。きみはわかっているだろう？　これはジャスミンのことではなく、きみのことだ。きみは娘を言い訳に使っている。なぜなら怯《おび》えているからだ。きみの母親のようになることを」

「違うわ」

「きみの話からすると、きみは母親とはまったく逆だ」

「これは母のことではないわ。わたしたちのこと、あなたのことなのよ」

「ぼくが怖いのか？」彼の顔にショックの色がよぎった。「考えもしなかった……。なぜだ？」

彼がいぶかしげに目を細めると、エンジェルは視線を彼の肩の先へと向けた。

「もちろん違うわ」本当だった。アレックスを恐れてはいない。彼に感じさせられることが怖かった。再会したときの衝撃はすさまじく、感覚を失った手足から、止血帯が外され、血が流れはじめたかのようだった。

アレックスを愛していた。そして彼はわたしを悲しませる。それは充分に予測できることだった。でもエンジェルが避けようとしているのは失恋ではない。それをジャスミンに目撃されるのが怖いのだ。関係がゆっくりと壊れていくところを娘が見て、人生で待ち受けているのはこうした苦しみだと考えるようになるのが怖かった。

「誰しも子ども時代には問題を抱えている……」

無神経な心理分析に、エンジェルは腹立たしげに彼の顔を見やった。

「どうして普通の健康的な性生活を楽しむのが怖いんだ？」

「怖くなんかないわ」エンジェルは狼狽《ろうばい》を隠そうとした。

「きみの父親は母親をだましたのか？」

「母がわたしたちを連れて離婚したあとも、父は母のことが大好きだった。その母はわたしたちの存在を必死に忘れようとしたわ」

しゃべりすぎよ、エンジェル。頭の隅でささやく声がした。けれど、もはや止めようがなかった。

「あなたを怖がっているんじゃない。ただ、決めたの。何よりも娘のことを優先すると」エンジェルは疲れたようにため息をついた。「そうしたいだけなの。わかってもらえない？」彼に懇願する。「これこそが」彼女は手を自分の胸から彼のほうへ動かし、また自分のほうへと戻した。「わたしが避けたいと思っている状況なの」

「これこそきみが作り出した状況だ」アレックスは言い返した。「いかに非現実的になっているかわかっているのか？　決して言い争わなくてすむ相手を見つけられると思っているのか？　そんな相手は一週間で飽きてしまう」

「相手を探しているんじゃないわ。申し出を受けるかどうか、それだけのことよ」

エンジェルの緑色の瞳に浮かんだ苦痛を見て、アレックスは口をつぐんだ。彼女は自分がまくしたてているくだらないことを心から信じている。彼女の論理は誤りだが、いまはそれを指摘するときではない。一時的な撤退が必要だ。だが、また戻ってくる。

アレックスは去っていった。これでエンジェルは満足するはずだった。彼女がそれを望んだのだから。けれど娘を父親に会わせるために手配をしようと電話を取ったとき、エンジェルの心にあったのは満足感ではなかった。彼とは二度とセックスをしないかもしれない――そう思うだけで気持ちが沈んだ。

世界一すばらしい男性に一緒に過ごそうと言われたのに、追い払ってしまったのだ。彼はたいして抵抗することなく行ってしまった。内心ではほっとしていたのかもしれない。

でも、わたしがしたことは正しい。間違いなく正しい。二人はすばらしい子どもを作ったけれど、一緒に住むのは……。そうよ、正しい決断をしたのよ。けれど、正しいことをしたら気分がよくなるのではないだろうか？　実際は、天国へのドアを目の前で閉められたような気分だった。

わたしは、本当に正しい決断をしたの？

エンジェルは顎を上げ、大きく息を吸った。

ああ、なんてこと、エンジェル。あなたはせっかくベッドメイクをしておきながら、いまはそこに寝なければならない……たったひとりで。

エンジェルが予期していたより物事は早く運んだ。ジャスミンの子守《ナニー》の代役の若い女性は、次のフライトに付き添うことができるということだった。二十四時間もたたないうちに、エンジェルは娘を送ってきてくれた女性と空港で会い、礼を言って別れた。彼女は帰りのフライトにも付き添ってくれる。

車の助手席に座ったジャスミンは、興奮のあまり空港からしゃべり通しで、バンガローに着いたときには疲れきっていた。

「寝室は気に入った？」エンジェルは何度も部屋の中を歩きまわっている娘に尋ねた。

「大好き」ジャスミンはベッドに腰かけ、エンジェルが小さいスーツケースから荷物を出すのを見ていた。やがて脚をぶらぶらと揺らし、木の枠に当てて規則的な音をたてた。

「そのショートパンツは小さすぎるわ」

エンジェルが青いデニムのショートパンツを出したとき、ジャスミンが言った。ポケットにかわいいあひるたちがついている。

「でも、新しいのを買う時間がなかったの」

「心配しないで。こちらで買いましょう。さあ、すんだわよ」エンジェルは最後のTシャツをチェストに入れた。「お昼寝は？」

ジャスミンは気に障ったようだった。「赤ちゃんじゃないわ。海に行きたい。約束したでしょう」

エンジェルはため息をついた。娘は決して約束を忘れない。「暑い国ではみんな昼寝をするのよ」

「大人も？」

エンジェルはうなずいた。「もちろんよ」

「ママも昼寝をするの……一緒に？」

言い逃れはできない。いったん軽率な約束をすれば、逃れられないことはわかっていた。

「水着に着替えて、先に泳ぐのはどうかしら？」エンジェルは提案した。娘の反応はわかっていた。ジャスミンがベッドの上で飛び跳ねるのを見ながら、娘のいない生活がいかに静かだったか、そして、むなしかったかに気づく。

これこそわたしが望んでいるものだ。けれど、ジェット機で世界中を飛びまわる億万長者のアレックスは、自分が何を求めているかわかっているのだろうか?

水着に着替える娘を残し、エンジェルはワンピース型の水着に着替えに行った。黒いホールターストラップを首のところで二重に結ぶ。前に公営プールで着たとき、ジャスミンが紐をほどいてしまい、トップレスになるというばつの悪い思いをしたからだ。

アレックスは神経質になっている自分を、あざ笑った。五歳の子どもと会うのを怖がるとは! いや、怖がるというのは当たらない。興奮と期待と不安の混じったものだ。手には贈り物を持っていた。自分で贈り物を選んだのも、優秀な個人秘書に届けさせないのも初めての経験だ。彼はエンジェルのバンガローへと浜辺に沿って歩いた。百メートルほど先から笑い声が聞こえてきた。

声を追ったわけではないが、気づいたときには波打ち際に出ていた。彼は革靴を波に打たせながら、二人が大声を出して水しぶきを上げて遊んでいるのを眺めた。エンジェルが水の中から娘を高く掲げたとき、初めてその姿を見た。体をくねらせ、甲高い笑い声をあげている。

人生にはいつまでも心に残る、完璧とも言える瞬間がいくつかあるものだ。我が子の誕生を目にするのもその一つだとどこかで読んだことがあった。子どもの誕生には立ち会えなかったのだから、いまがその瞬間だ。完璧だ。娘は完璧だった。

「あの人は誰なの、ママ?」

水から出たばかりのエンジェルは膝をついたまま振り返り、彼を見た。とたんに胸がどきどきした。アレックス・アルロフを〝寂しい〟という言葉と結びつけたことなどなかった。しかしいま、立ちつくしているアレックスは寂しげに見えた。エンジェルは喉をふさぐ塊をのみこみ、ゆっくりと立ち上がった。「お友だちよ」彼女はジャスミンに手を伸ばした。「ご挨拶に行きましょう」

アレックスは友人の話を思い出した。生まれたばかりの子どもを病院から家に連れて帰るとき、とても現実とは思えなかったと。そして一夜にして夫婦が家族になった驚きも口にした。

アレックスは生まれたばかりの赤ちゃんを見ているのではない。娘は白紙の状態ではない。すでにいろいろな経験を積んだ、幼いけれどひとりの人間だ。その経験をまったく知らないことが、腹立たしくてならなかった。だが、これから共に知っていくつもりだ。その唯一の方法は家族になることだった。

大急ぎで重要な決断を下すのは愚かであり、感情を巻きこむのは大きな間違いだとアレックスは信じていた。だが、例外があるとわかった。海辺に立ち、その例外を見つけた。一秒の熟慮も、ためらいもなく、アレックスはこれまでにない重要な決断をした。

エンジェルと結婚し、家族になろうと。

9

ジャスミンは母親の説明をそのまま信じた。「一緒に遊びたいの？」

エンジェルはかぶりを振った。「いいえ、そうじゃないと思う。それにもう、たっぷり遊んだでしょう」

彼女は娘の手を取ると、浅瀬を歩いてアレックスのいる浜辺に上がった。黒い髪をそよ風に吹かれて立っているアレックスは、とてもすてきに見えた。けれど注文仕立ての淡いグレーのスーツは場違いだった。太陽に照りつけられているせいで暑いのか、白いシルクのシャツのいちばん上のボタンを外し、ネクタイを緩めている。

ジャスミンも彼のいでたちを見ていた。

「靴が濡《ぬ》れているよ。海で靴を履くなんておばかさんね」ジャスミンは濡れた砂の中で足の指を動かしながら、彼のほかの部分にも批判的なまなざしを向けた。「スーツも、その……じつよじゃないでしょう？」

エンジェルはすぐに答えた。「実用的よ」と教えてからつけ加える。「失礼なことを言ってはだめよ、ジャス」

アレックスは浅瀬から出たが、イタリア製の革靴にはほとんど目を向けなかった。娘にはスコットランドなまりがあった。ハイランドのいきいきした話し方だ。彼がいかに何も知らないか、痛感させられた。ロンドンに住んでいると思いこんでいたが、とんでもない間違いだった。

「彼女の言うとおりだ。ぼくの格好は海辺には向いていない」油田の借用権の話し合いにこそふさわしい格好だ。「でも、ぼくは仕事をしていたんだ。きみは泳いでいたんだね」

「まだ泳げないの。ママが教えてくれたけど、得意じゃないの」

ジャスミンのため息と真剣な表情に、アレックスは思わず笑みを浮かべた。五歳の子どもについてはあまり知らないが、ジャスミンはずいぶん早熟に見えた。母親に似ているのは外見だけではなく、思っていることをはっきり言う点も同じだ。

「ぼくが教えてあげようか？」

アレックスは振り返ってエンジェルの反応を見ようとした。だが、彼女が砂浜からタオルを取ろうとして身をかがめたので、濡れた髪で顔が隠れてしまい、かなわなかった。

「ママ？」

エンジェルはタオルを娘の肩にかけた。「ご親切にどうも」ジャスミンはスキップをして先に行った。

「いけないのか?」

「そういうことじゃないの。あれでは断れないでしょう。わたしを操ろうとしないで」

「そんなつもりはなかった。あの子は水を怖がっていないね」

エンジェルは笑った。「ジャスは怖いものなしよ。それが問題なの。怖がらせたくないけど、バランスが難しくて。イギリスにも白い砂浜ときれいな海はあるけれど、水温は一年中上がらない。娘は恒温動物ね。太陽が大好き」

「なるほど。なまりに驚いたよ。チャーミングだ。でも驚いた」

「なまりがあるとは気づかなかったわ。お城に住んでいるの」エンジェルはアレックスのいぶかしげな表情を見て、慌ててつけ加えた。「父を亡くしたあと、兄が屋敷を継いだから。美しく、辺鄙《へんぴ》で、雨の多いところ。幼い女の子にとってお城に住むのは夢でしょう?」

「そうなのか?」

「娘と同じ年ごろのとき、お城にいるのがうれしかった」

「きみはなまりがない」

エンジェルの笑みが消えた。「ええ、なまりもふるさとも失った。でもジャスミンにはあるわ」

「ふるさとは場所というより、人じゃないかな」

「ホテルの部屋を渡り歩きながら育った人の言葉とは思えないわね」

「きみはあの子が病気だったと言ったけれど、ひどかったのか？」

「腰に問題があって、治療法が見つかるまでしばらくかかったわ。ベッドで安静にしている時間が長くて、大変だった。脚に後遺症が出るかもしれないと言われたけれど、いまは元気になったわ。大丈夫、アレックス？」

アレックスはうなずいた。「大丈夫だ」愛する女性がひとりで大変な問題に向き合ってきたことを知り、彼は少なからずショックを受けていた。

「本当に？」

「ぼくはそこにいるべきだった」

彼の燃えるようなまなざしに、エンジェルは目をそらした。「いま、あなたはここにいるわ」

「ああ、そうだな」

二人はジャスミンに追いついた。エンジェルの目には娘が疲れているように見えた。

「だっこしてあげようか？」

「ううん、平気。それ、なあに？」ジャスミンはアレックスが持っている包みを興味深そうに見た。

アレックスは背中の後ろから包みを出した。「本だ。きみに気に入ってもらえるかもしれないと思ってね。ハンサムなプリンスがプリンセスをドラゴンから救って結婚する話だ」

ドラゴンを退治するだけで、男が自分の能力を示せる単純な時代のことだ、とアレックスは胸の内でつぶやいた。いまでは、人生はさらに複雑になってしまった。

「プリンセスの本なら持ってるよ。プリンセスがプリンスを助けるの。それからピンクが嫌いなの」

ますます事態は複雑になっている。五歳の子どもを感動させることもできないとは。

「どうやら」アレックスは、彼から本を受け取ったエンジェルに悲しげに言った。「ぼくは間違ったことをしてしまったようだ」

バンガローの階段に着いたとき、エンジェルが本を開いた。「見て、ジャス、この本は絵がとてもすてき、本当にきれいよ」アレックスの気持ちを引き立てたいなんて、どうかしている、と彼女は思った。

「猫は出てくる?」

「どうかな?」アレックスが答えた。

「猫は大好き。ありがとう」

彼は軽くうなずいた。「どういたしまして、ジャスミン」

ジャスミンは先頭にたって階段を上がり、ベランダのベンチに座りこんだ。「いま絵を見るわ」

「それは残念ね。約束したでしょう、泳いだら昼寝をするって」

　ジャスミンはしぶしぶ立ち上がった。

「アレックスにおやすみを言って」

「おやすみなさい、ミスター・アレックス」

「おやすみ、ジャスミン」

「冷蔵庫に栓を開けたワインが入っているわ。長くはかからないから……もし待ちたければ」

「待っている……」

　数分後にエンジェルが居間に戻ってくると、アレックスは立ち上がって椅子を引いた。木の床をこする音がし、ひるんだ。

「すまない」

「大丈夫、娘はもう何があっても起きないから」

「おもしろい子だ。きみの育て方がよかったんだ」

　エンジェルはうれしくなり、顔を赤らめた。「いろいろ助けてもらえたから」

「子守《ナニー》がいるのか？」

　エンジェルは身構えるように顎を上げた。「幸いなことに」

エンジェルが彼のついだワインに手をつけずに、魔法瓶からコーヒーをついだので、アレックスはいぶかしげに片方の眉を上げた。「非難しているわけではない」

「兄はすばらしい人よ。いつものナニーはいま脚にギプスをしているの。彼女の優秀な代役が娘に付き添ってきてくれて、また送り届けてくれるわ」

「お兄さんは何をしている……」アレックスは言いかけて、眉をひそめた。「いいのか?」

エンジェルはカップの縁越しに彼を見た。

「カフェイン過多の典型的な兆候が表れているんじゃないか?」

「わたしが?」

「神経がひどく過敏になり、じっと座っていられない……ほら」エンジェルがテーブルに置いたカップが震えているのを見て、アレックスは言った。「きみは震えている、動悸《どうき》が激しくなり、ふらついている。そうだろう?」

彼の言うとおりだ。「それって、コーヒーを飲みすぎているから?」頭脳明晰《めいせき》な男でも、彼女のことは何も知らないと気づいた。

「気をつけないと……」

エンジェルが噴き出すと、彼は非難するように顔をしかめた。

「笑うようなことじゃないよ、エンジェル」

「ええ、わかってる」エンジェルはテーブルから雑誌を取り、顔をあおいだ。「でも、心配しないで。コーヒーの限度はわかっているから」問題はアレックスに対する〝限度〟だった。警報を鳴らしてくれるはずの心の信号は彼に対して働かなくなっていた。

「あなたは以前に会っているわ」

「誰に？」

「わたしの兄に。一緒に車で遊んでいるわ。つまり、チェーザレと一緒に……」

アレックスの顔に驚きが広がった。「きみはチェーザレ・アーカートの妹か？」広く知られている有名人と直接会ったとき、イメージとはほど遠くてがっかりすることがある。だが、かつてのレーサーは違った。アレックスはチェーザレが好きだったし、自分とは感性が合っているように思えた。

エンジェルはうなずいた。

「彼はぼくのことを知っているのか？」アレックスは、二人の立場が逆で、若くて美しい妹を妊娠させた男の身元がわかったときのことを想像した。

「まだよ」

「逃げ場はなさそうだな」アレックスはちゃかすように言った。

エンジェルは彼にちらりと目をやり、おもしろがっているような顔に腹を立てた。こちらは兄が何をするかと本気で心配しているのに。

「それで決まりだな」アレックスは言った。「結婚するしかない」

エンジェルは彼のふまじめな物言いに合わせようとした。「あなたは兄を納得させる方法を知っているのね。もちろん結婚するわ。日取りは」

「明日だ。盛大な結婚式をしたいのでなければ」

エンジェルは冗談に飽きてきた。「おもしろいわ」

「どうして冗談だと思うんだ？」

エンジェルは驚いたように彼を見つめた。「冗談でなければ、正気ではないわね」

「結婚したほうが子どもにいいと思うのは正気ではないのか？」

「ジャスミンのことを話しているんじゃないわ」

「ジャスミンとぼくたちのことだ。きみはぼくの愛人ではなく、妻になるんだ」

エンジェルは恐怖に駆られた。「ぼくたち、というのはないわ」

彼の引き締まった顔にいらだちがよぎった。「ばかなことを言うな。ぼくはきみの子どもの父親で、きみがベッドを共にした唯一の男だ」

「だからといって結婚にはつながらないわ」

「ぼくは書類上の結婚を言っているのではない。きみがそのことを気にしているのなら。子どもを作らない便宜上の結婚ではなく……」エンジェルがたじろぐのがわかり、アレックスは困惑した。「何かひどいことを言ったかな？」

エンジェルの顔から血の気が引いた。「もうたくさん」

アレックスは肩をすくめ、いらだちを抑えようとした。すでに彼女には考える材料を与えた。あとは彼女が考えることだ。

「きみはジャスミンをひとりっ子にしたくはないだろう？」

彼は捨てぜりふのように言って帰っていった。

エンジェルは頰を流れる涙を彼に見られなくてよかったと心から思った。そして、彼の言葉に感謝した。一瞬、結婚などというばかげたことを考えはじめていた自分を、現実に引き戻してくれたその言葉に。

10

ホテルのロビーに足を踏み入れた瞬間、アレックスは何かがおかしいと気づいた。ロビーは混み合っていた。その真ん中で、大きく目を開き、血の気のない顔をしたエンジェルが叫んでいた。

「いったいどうしてくれるの？　座ってなんかいられない。書類への記入なんていいわ。言ったじゃないの、娘が見つからないの、小さな女の子よ。さっきまでそこにいたのに、もういなくなっている。お願い、助けて。お茶なんかいいから！」

甲高い声にアレックスは立ちすくんだ。心臓を冷たい手でわしづかみにされたようなショックを受け、次の瞬間には人波をかき分けて進んだ。

「エンジェル……」

エンジェルはくるりと振り返った。アレックスはそのときの彼女の顔を一生忘れないだろう。

「よかった、アレックス。ジャスが、娘が……」

アレックスは両手を彼女の肩に置き、目を合わせた。「聞いたよ。何があったのか話してくれ」

エンジェルは震える息を吐いた。「ランチのあと、歩いて戻ってきたの」また大きくため息をつき、かぶりを振る。

「ぼくを見るんだ、エンジェル」

彼の落ち着いた声にエンジェルはほっとし、説明を再開した。「朝はわたしと一緒に出かけて撮影を見たわ。ランチを食べて、ああ、これは言ったわね、それから……外に戻らないといけなくなって」

「ちょっとのあいだだな？」

「ええ。ニコの姿が見えて、彼が何か尋ねた……。覚えていない。一瞬、わたしは体の向きを変えた。ほんの一瞬よ。それからまわりを見たら、ジャスがいなくなっていた。消えていたの」

「いつの話だ？」

「ほんの……わからない、たったいまよ」エンジェルは頭を両手で抱え、考えようとした。パニックを起こすまいと必死だった。

「わかった。最後にあの子を見た場所を教えてくれ」

それからの数分間、エンジェルは霞《かすみ》の中にいるようだった。同じところを何度も歩き、繰り返し記憶をたどった。それから腰を下ろし、無力感と恐怖に包まれた。その間、アレックスは志願者をいくつかに分け、捜索場所を指示した。

「遠くには行っていないはずだ。十のグループに分けて広い範囲を捜すから、必ず見つかる」

エンジェルは彼の腕をつかんだ。「わたしも行く」

「いや、きみとニコはここにいてくれ。ジャスが自分で戻ってくる可能性もある。みんな、ニコの電話番号を知っている」

ニコが携帯電話を掲げてみせた。

「彼が連絡係で、きみが真っ先に知ることになる」

「何か悪いことがあると思っているのね。だからわたしを連れていきたくないのね！」エンジェルは金切り声をあげた。

アレックスは彼女の肩をつかんだ。「そんなふうに考えてはいけない。きみは強い人だ。さあ、ぼくを見て、エンジェル」

彼女は不安げなまなざしを彼に向けた。

「必ずジャスを見つけてくる」

エンジェルは深く息を吸った。「わたしは強くないわ、アレックス」

アレックスはこれまで見たこともないような優しい笑みを浮かべた。「きみはとても強間だった。

いさ」

彼が出かけた十分後、ニコの携帯電話が鳴った。エンジェルの人生でいちばん長い十分

アレックスは娘の手を握ったまま、傍らにしゃがみこみ、全速力で走ってくるエンジェルを指差した。ニコも走り、スタッフたちもあとに続いている。

エンジェルが二人のところまで来ると、アレックスは娘の手を離し、後ろに下がった。エンジェルは膝をつき、ジャスミンを抱き寄せた。あまり強く抱いたので、娘は体をくねらせて離れようとした。

「ごめん……ごめんなさい……」エンジェルは片手を口に押し当て、こみ上げる泣き声を抑えようとしながら、娘の顔を探るように見た。「大丈夫?」二人の横に立っている長身の男性に目を向ける。「この子は……だ、大丈夫なのね? ああ、歯までかちかち震えてしまって」

彼女の全身からあふれ出る感情を見て、アレックスは胸を締めつけられた。「大丈夫だ」アレックスはかすれた声で請け合った。「ちょっとした冒険をしたんだよね、ジャスミン? 何も変わったところはない。引っかき傷があるくらいだ」

「わたし、とっても勇敢だったんだから」ジャスミンは自慢話を証明してもらおうと、ア

レックスを見た。アレックスは大まじめにうなずいた。

「きみのママのようにね」

エンジェルは安心のあまり体が震え、無事を確かめるために絶えず娘に触れた。母親の苦痛が伝わったのか、娘の顔から笑みが消え、唇が震えはじめた。「ママ?」

「二度とこんなことをしてはだめ……約束して!」

ジャスミンの顔がくしゃくしゃになり、泣きだした。「ママがいなかったんだもの!」

娘の言葉がエンジェルの胸を貫いた。「泣かないで……」エンジェルは娘をしっかりと抱き締めた。「もういいのよ」頭を撫《な》でると、ジャスミンは母親の首に腕をまわした。エンジェルは娘を抱いて立ち上がり、娘の頭越しにアレックスにほほ笑んで〝ありがとう〟と口の動きだけで伝えた。

アレックスはしなければならないことだけに集中して、なんとかやり遂げることができた。肝心なのは彼女の輝く目に浮かんだ感謝の念と、彼女が自分で築いた防御の壁が崩れたことだった。アレックスはうなずき、ほほ笑んだものの、胸の内の強い感情をほのめかすことはなかった
彼は二人のそばに寄り、エンジェルの肩にもたれている、巻き毛の小さな頭にそっとキスをした。「もう大丈夫だな?」

エンジェルは顔に失望の色が表れるのが自分でもわかった。「一緒に来ないの?」声が

震えた。弱々しい笑みを浮かべ、自慢の自立心を見せようとした。「ええ、大丈夫」彼女は答えながら、胸の内で自分に言い聞かせた。彼に頼ることに慣れてはいけない、彼がいつもそばにいるわけではないのだから、と。

「長くはかからない。明日までに、浜辺のこの区域に柵を巡らしておきたいんだ。二度とこんなことが起きてほしくないからね」アレックスはニコを手招きした。「ニコにバンガローまできみたちを送って、ぼくが戻るまで一緒にいてもらう」

ニコがうなずいた。「もちろんです」

ジャスミンが顔を上げた。「子猫に戻ってきてほしい」

エンジェルは問いかけるように眉を上げ、アレックスをちらりと見た。「子猫？」

「野良猫を見たんだ。柵の穴から猫を追いかけていったらしい。猫には子どもが何匹かいて、ジャスミンはそのうちの一匹を連れて帰ろうとした」それはいい考えではない、とアレックスは娘を説得しなければならなかった。ジャスミンは危険を顧みないばかりか、母親の頑固な性格を受け継いだようだった。「それで、引っかき傷だ」

「引っかき傷？」

彼は娘の小さな汚れた手をつかんで裏返した。ふっくらした手首と腕に引っかき傷があった。炎症を起こして赤くなっている。

「ちょっと待ってくれ……」アレックスは携帯電話を取り出し、メールを読んだ。「マーク・ローマスからだ」

この一週間、エンジェルが何度か朝の挨拶を交わした男性の名前だ。アレックスがこんなときまでゲストからのメッセージを優先していると思うと、彼女は怒りを覚えた。

アレックスは満足げにうなずき、携帯電話を胸のポケットに戻した。「きみがバンガローに着くころに、マークもそこにいる」

「どうして?」

アレックスは彼女の顔を見つめ、不安に駆られた。相変わらず顔色が悪い。彼女が倒れないうちに座らせ、ジャスミンを自分に渡すように言いたかった。だが、エンジェルは二度と離さないというように娘を抱いている。「このあいだの夜、きみは彼と話をしたんじゃなかったかな。彼は医師で、隣のバンガローにいる」

「ええ、話したかもしれない」

「彼はトライアスロンのチャリティ・レースで医療面の支援を調整してくれている」そう言って、アレックスは最近ホテルがざわついている、慈善の鉄人レースについて説明した。「ジャスミンが見つかったとき、彼にメールを送り、状況を説明した。彼女を診て、傷を消毒し、必要なことをしてくれるだろう。破傷風の予防接種をしているかきかれたが、ぼくは知らなかった」アレックスは歯を食いしばり、目をそらした。次のときには知っているだろう。もう起こってほしくはないが、父親が知っておくべきことは知っておきたい。

「予防接種はしているわ」エンジェルは涙に濡《ぬ》れた娘の頬にキスをした。

「ぼくが抱きましょうか？」ニコが言った。

エンジェルは首を横に振った。ずっと娘のそばにいることができれば、人生はもっと単純だろう。

ニコに付き添われながら、エンジェルはアレックスから離れていった。離れるのはよくない気がした。一緒にいるべきよ、と彼に言いたかった。

バンガローに到着して二分後に、医師が遅れてすまないと謝りながらやってきた。

アレックスが言ったとおり、傷口を消毒し、ジャスミンの気をそらしながら抗生物質の注射をした。猫の引っかき傷は犬よりも感染症を起こしやすいので、傷口には注意し、心配があれば連絡するようにと言った。

エンジェルは、ジャスミンがすばらしい冒険をしたというアレックスの考えを受け入れることにした。ジャスミンはうらやましいほどの回復力を見せた。風呂に入り、サンドイッチを一切れか二切れ口にすると、もう目を開けていられなくなった。ベッドに横になるなり、またたく間に眠りに落ちた。

居間に戻ったエンジェルは、一緒にいる必要はないとニコを説き伏せた。

「本当に大丈夫ですか？」

「大丈夫よ。わたしもシャワーを浴びて寝るから」

ようやくひとりになると、ジャスミンの様子を見てから、シャワールームとつながっている部屋のドアをすべて開け、シャワーを浴びに行った。何か聞こえたような気がするたびに戻り、その合間に砂と汚れを洗い落とした。

エンジェルは軽く絞っただけの髪を顔の後ろへと手で梳《す》いた。水気を含んだ髪が重いロープのように背中に垂れる。それからドアにかけていたシルクの部屋着を着て紐《ひも》を締め、もう一度ジャスミンの様子を確かめに行った。

エンジェルはほっとして息をついた。娘は最後に見たときからほとんど動いていなかった。もっとも、五分ほど前のことだけれど。

隣の部屋に行ったとき、ドアをノックする音がした。アレックスではないだろう。ニコが二人は大丈夫だと報告しているはずだ。アレックスが来る必要は何もない。

わたしが来てほしいだけ。

しっかりしなさい、エンジェル！　自分にいらだちながらドアを開けると、ホテルの紺色の制服を着たメイドがトレイを持ってにこやかに立っていた。

「ご注文のコーヒーをお持ちしました」

注文などしただろうか？

エンジェルは礼を言い、注文したのを忘れていたかどうかは深く考えず、コーヒーをテーブルに置くよう頼んだ。

コーヒーを二杯飲んで元気になるや、エンジェルはベランダに出た。そのとき彼の姿が見えた。

彼女はまぶしい夕日に手をかざし、近づいてくるアレックスの姿を眺めた。ずいぶんと離れていたけれど、そのシルエットと長い足の優雅な歩き方は間違いなく彼だ。

カフェインが効いて、ようやくちゃんと考えられるようになったエンジェルは、彼が何を言いに来たのかわかっていた。そのことで言い争うつもりはない。わたしを責めるために、ひどい母親だと言うために来たのだ。アレックスは正しい。何一つ言い訳はできない。彼に対する気持ちのほうはなんとかできるけれど。

エンジェルは彼を愛していた。

そうとわかるまでに時間がかかった。男女の関係に、エンジェルは疎かった。その点、アレックスはよく知っている。彼は結婚するほど人を愛し、その人を失って打ちひしがれていた。そして最初に会った……いいえ、最初に会った女性ではないかもしれないけれど、ベッドに連れていってと彼に懇願したのはわたしが初めてだろう。

一晩だけ悪夢から逃れ、セックスで何もかも忘れてしまいたいと思っても、誰も責めることはできない。彼自身が自らを裁き、恥ずべき行為を記憶から消そうとあがいたのだ。彼との結婚……。そう、結婚はすばらしい関係の基礎となる！

確かにアレックスは体の結びつきでは彼女に引かれている。ジャスミンに対する献身的な愛情も疑う余地はない。けれど、それだけでは充分ではない。頭がはっきりしているいま、そう言うのは簡単だ。でも彼の腕に抱かれてしまえば、何も考えられなくなってしまう。

だったら、彼に抱かれないようにするのよ、エンジェル。エンジェル！

アレックスは歩を緩め、階段の下で足を止めた。エンジェルの姿を見て息が止まった。嫌われて当然なのに、エンジェルの寛大な心はぼくを迎え入れてくれた。もちろん信頼しないように用心しているのはわかった。だが、一生かかっても彼女を説得してみせる。

彼が階段を上がってくると、エンジェルの心臓は早鐘を打ちだした。自己批判の苦い味が口の中に広がる。エンジェルは親になる責任について彼に語って聞かせたはずだ。今回の出来事は彼女の目の前で起こった。どうしてあんなことが起こったのか、いまもわからない。ほんの一瞬、気をそらしてしまった。だが、断罪されるにはそれで充分だ。

彼女は青いスラックスも白いシャツも脱いでいた。いまは鮮やかな蜂鳥を描いた黒いシルクの部屋着を身につけ、長い黄金色の脚を見せている。アレックスは官能的な体に飢えたように視線を走らせ、息をのんだ。髪を後ろに梳いた顔は美しい卵形を見せていた。

「ジャスは寝たのか？」

エンジェルはうなずき、まず謝罪した。「すべてわたしの責任よ――」

アレックスは彼女の唇に指を立てた。「ばかげたことを言うんじゃない」

エンジェルは彼の非難を甘んじて受けるつもりだった。アレックスの怒りは受け止めることができる。けれど彼の顔に浮かんだ優しさや、心配そうな青い目、優しい声は耐えがたかった。

アレックスはエンジェルの肩をつかみ、助けを申し出るように彼女の顔を見下ろした。

「遅くなってすまない。だが警察が到着したときに、ぼくが自ら説明したかった。それに穴の開いた柵を確認しておきたかった」アレックスは言葉を切った。「くだらないおしゃべりをしているのはぼくのほうだな。かわいそうに、きみはひどい様子だというのに」

エンジェルの唇が震えた。「わたしは……お願い、優しくしないで、アレックス！」

アレックスは彼女の言葉を無視し、腕を彼女の背中にまわした。「おいで」

エンジェルは顔をくしゃくしゃにし、彼の腕の中に入った。とめどなく涙が頬を伝い落ちる。彼に自責の念を伝えようとしながらも、恥ずかしさに息がつまりそうだった。「何もかもわたしの責任なの」

「ばかげてる」アレックスは乱暴な口調でとがめ、彼女の濡れた髪を撫でた。「子どもをずっと見ていることなどできない。それくらいぼくにもわかる」

エンジェルは涙に濡れた顔を上げた。「できるわ。これからはそうする」体を離し、両手で顔をたたいて、鼻をすする。

女性が鼻をする姿がセクシーだと誰が思っただろう？　アレックスも思わないが、相手がエンジェルだと別だった。彼女を引き寄せたい欲求と必死に闘った。「マークはなんと言った？　彼を呼んでもよかっただろう？　病院に連れていくよりいいと思った。腰の話もしておいた」

「よくしてもらったわ。ジャスは大丈夫。軽い引っかき傷と、ひどく喉が渇いていたくらい。念のために抗生物質の注射を打ってもらったわ」エンジェルの目が曇る。「どんなことになっていたかと思うと、怖くてたまらない」

「そんなことは考えなくていい！」

言うのは簡単よ、とエンジェルは言いそうになり、口をつぐんだ。彼にとっては簡単なことではなかった。アレックスが娘を深く愛していることは今日で充分にわかった。

「そんなふうに自分を苦しめても無駄だ」

エンジェルは大きなため息をついた。「あなたの言うとおりね」

彼は苦笑いを浮かべた。「本当に？」

エンジェルは笑みを返さなかった。「あなたにはなんて感謝していいかわからない」

アレックスは首を振り、彼女の感謝のまなざしに戸惑った。感謝など欲しくなかった。彼女そのものが欲しかった。「ぼくに礼を言う必用はない」

エンジェルは抗議するように目を大きく見開いた。「暗くなる前にあなたが見つけてくれなかったら、どうなっていたか」

アレックスは彼女の頬に触れ、顔の片側を包むようにした。「そんなことは考えないと決めたんじゃないのか？」エンジェルがうなずくのを見て言葉を継ぐ。「ぼくは父親がするべきことをしたまでだ。つまり、そういうことなんだ」彼はそっけなくつけ加えた。「これから埋め合わせをしていくよ」

彼の悲しげな声にエンジェルは喉がつまりそうだった。彼女にとってどんなにつらくても、ジャスミンにとって父親がいるというのはいいことだ。

「あの子に会えるかな？」

エンジェルの声がかすれた。「もちろんよ。きく必要もないわ」

「いつからそうなった？」

エンジェルはぎこちなく肩をすくめた。「わたしは身構え、警戒しすぎていた。だから、どうしてもできなかったの――」

信頼することが、とアレックスは心の中で続けた。その点についてはぼくに責任がある。

彼の顔に奇妙な表情が浮かんだかと思うと、驚いたことに、身をかがめて彼女にそっとキスをした。

「その約束は守ってもらう」

エンジェルは手を握り締め、一緒に中に入ったが、寝室の前で足を止め、彼をひとりで行かせた。

アレックスは自分が子どもと関わりを持っていることが奇跡のように思えた。ようやく眠っている子どもから離れ、外のベランダにいるエンジェルを見つけた。夜のとばりが下り、木々の枝に巻きつけられた白い電球がきらきらと輝いている。

「きれいな夜だ……」

エンジェルが振り返った。彼女の美しさにアレックスは一瞬息ができなかった。満たされない欲求に低いうめき声をもらし、髪を手で梳く。

「ばかげている」アレックスは眉根を寄せた。「言うべきことがたくさんあるのに、まるで通りで出会ったばかりのように天気の話をしている！」

エンジェルはアレックスから感情があふれ出てくるのを感じた。首を振り、慌てて言った。「だめよ、アレックス！」彼が何を言うつもりかわかった。今日、アレックスは結婚することが自分の義務だと確信したのだ。誰もが彼女は冷静で有能だと思っていた。ときには自分でもそう振る舞うこともあるけれど、今日、本当は意気地なしだと暴露してしまった。

「あなたとは結婚できないのよ、アレックス」

彼女がいかに傷つきやすいかに気づき、アレックスはなんとかいらだちを抑えようとした。

落ち着きを取り戻したエンジェルは、後ろに下がり、彼との距離を広げた。彼の目を見つめながら、説明しようと試みる。「結婚は」慎重に切り出す。「罪滅ぼしであってはならないもの」

怒りのあまり、アレックスの瞳の色が濃さを増した。前に進みかけて、思いとどまる。「ぼくにとって結婚は罪滅ぼしだと思っているのか？」

「ああ、そうではなくて」エンジェルは深く息を吸った。「あなたにとって結婚は……」

彼女は目を伏せた。何を言っても、もう遅すぎる。

エンジェルは心の内を打ち明けずに立っていたが、顔には刻々と表情が現れていた。彼がまだ知らないことについて話すつもりはない。

エンジェルは思いきって彼と目を合わせた。「わたしとの結婚を義務だと思っているのはわかっているわ」アレックスのいない将来、彼が週末ごとにジャスミンを連れていくとき、手を振って見送る将来を思いながら、彼女は続けた。「あなたはわたしなど必要としていない」

「ぼくにはきみが必要なんだ！」彼は歯のあいだから、何カ国語かでののしりの言葉を吐いた。いまが適当なときでなくてもいい、彼女が傷つきやすくなっていてもいい。手のつけようのない彼女の愚かさと闘わなければ。「きみは何もわかっていない。だが、ぼくにはわかっている。きみがぼくを愛していることはわかっている。だからこんな大変な思いをするのはやめて、認めたらどうだ?」

「愛は関係ない」エンジェルは言い返した。「わたしに怒鳴らないで。たとえ関係があっても……」首を振り、きっぱりと言う。「あなたと結婚できないちゃんとした理由があるの」

「言ってみてくれ」

「あなたがわたしを愛していないからよ」弱々しく聞こえないように言うのは難しかった。「ほとんどの場合、わたしを好きでさえなかった」彼女は肩にかかる髪を払いのけ、アレックスが話に割りこむのを待った。だが彼はどうしようもないというようにその場に立ちつくしていた。

「笑わせるじゃないか。ぼくに大声をあげさせたくないはずなのに」

エンジェルはとがめるような目を向けた。「あなたはジャスミンのために、わたしと結婚しないといけないと考えている。よかれと思ってしていることはわかっている……」

アレックスの口が軽蔑するようにゆがんだ。「ぼくは見当違いの慈善家ではない!」彼は一歩前に踏み出した。「ぼくはきみが欲しい。ぼくのものにするつもりだ」

ひどく傲慢なその言葉に、エンジェルはさまざまな反応を示すことができた。軽蔑したように笑う。なんて幸運な逃げ道ができたことだろうと思う。でも、だめ。アレックスの自信は確固としたものだった。彼女を見下ろす黒い目は渇望の光を帯びている。

彼に寄り添いたい、顔を上げてキスを受けたい――その思いは圧倒的だった。エンジェルは抵抗しようとしたが、唇からうめき声がもれた。

「きみはぼくが欲しいとわかっているのに、どうして闘う?」

「ええ、わたしはあなたが欲しくてたまらない」

エンジェルが認めたことで緊張がさらに高まった。

「でも欲望の話をしているのではなくて、結婚の話をしているの。あなたとは結婚できない」

「もう何度も聞いた」

エンジェルの脚の裏がベランダの横木に当たり、それ以上後ろに下がれなくなった。エンジェルは片手を上げた。それは彼の前進を止めるというより、止めたいという願いの表れだった。

「あなたとは結婚できない。なぜなら、わたしはもう子どもが持てないから」彼の反応は読めなかった。というより、なんの反応も見せなかった。

エンジェルも医師から詳細を聞いたとき、黙っていた。医師たちは彼女が泣きださなかったことにほっとした様子だった。そして、彼女の健康に役立つ心構えについて話した。

「わたしの言っていることがわかったの?」

アレックスは首をかしげ、いぶかしげに目を細めてエンジェルを見た。一瞬、彼女の不自然な落ち着きが信じられなかった。彼女の苦痛が自分の苦痛のように感じられた。エンジェルを引き寄せ、何もかも大丈夫だと言ってやりたい衝動と闘った。だが、もっと事実を見極める必要があった。

「どうしてそんなことになるんだ？」

エンジェルは小さく肩をすくめた。「ジャスを出産するとき、帝王切開をしたと言ったでしょう？」彼はうなずくのを確かめて続ける。「簡単な処置だったというような言い方をしたけれど……」

アレックスは深くため息をついた。「簡単ではなかったわけだ」

エンジェルは悲しげなまなざしをちらりと上げた。「大量の出血があった。専門的な話は抜きにして言うと、わたしがまた妊娠する可能性はほとんどないそうよ」

彼は黙って話を聞いた。聞くほどに、表情が冷ややかになっていく。「きみは死んでいたかもしれないんだ。その事実をきみは忘れている」

彼が怒っていることに、エンジェルは驚かなかった。「最近では出産はとても安全だし、わたしも命を落とす危険はなかった。出産についてはもう考えていない。わたしにはジャスミンがいる。出産がわたしたちにどう影響するかなんて考えもしなかった。つまり、あなたがこれほど古風な人だとは知らなかった。まさか結婚を申しこむなんて」

「ぼくにはわからない……。もしきみが本当のことを言っているなら……」

エンジェルは体がこわばった。「もし、ですって？　どうしてわたしが嘘《うそ》をつくの？」

「怒るのはやめてくれ。きみがピルをのんでいる意味を理解しようとしているだけだ。きみが言っているとおりなら」

「ピルなら、医師に言われてのんでいるだけよ。妊娠する可能性は宝くじに当たる確率ほど低いけれど、医学的には可能性はあるから」検査すれば、もっと正確にわかると言われたが、エンジェルは断った。

「なぜかきみは半分しか話してくれていないような印象を受ける」

エンジェルは医師の最後の所見を思い出した。

〝これだけは言っておきます、ミス・アーカート。妊娠したかもしれないと思ったら、とにかく大至急、医師の助言を受けること。それが何より大事です〟

「もし奇跡的に妊娠すれば、検査が必要になるわ」

アレックスの顔から血の気が引いた。「つまり、きみにとって妊娠は危険だということだな……きみの命に関わるんだな？」

「それは大げさよ。もしそうなれば――」

「だめだ！」

エンジェルは彼の声に息をのんだ。「ええ、わかっている。それに、可能性はわずかなのよ」

「可能性を試してはいけない」

彼の両手が肩に置かれると、エンジェルは彼が震えているのがわかった。

「きみの命を危険にさらすようなまねは絶対にするな。聞いているのか？　永遠にだ！」

彼の声は聞き取りにくかった。ひどくいらだっているときの、低い声だった。でも彼の言うとおりだ。

アレックスは焼きつくすような青い目でエンジェルを見つめ、両手を彼女の背中へと下げた。彼の手はヒップで、親指はウエストのくぼみで止まった。

「きみを見つけたばかりなのに、また失うようなまねをぼくがすると思うか？　ジャスミンは母親を必要としている。ぼくもきみが必要だ。きみのことをぼくの弱点だと考えた時期もあった。いまはぼくの強みだとわかっている」

エンジェルの目に涙があふれ、水晶の滴となって頬を流れた。「あなたにはすべてを与えてくれる女性が必要なのよ」優しく言う。「いつかエマを愛したように誰かを愛する日が来るわ。そんなときにわたしに縛られていたら、どんなに悲惨か。あなたには愛のある結婚が必要なの。その人と赤ん坊を作らないと。いつかあなたは自分の家族が欲しくなる。それはわたしには与えられない」

「ばかな女だ」

エンジェルは目をしばたたいた。

「本当にきみはばかだよ！」彼の侮辱の言葉には愛情がこもっていた。「きみはもうぼくに家族を与えてくれた。ジャスミンを与えてくれたじゃないか。きみとジャスミンはぼくが欲しい家族だ。けんか好きの、美しい、ぼくのアンジェリーナ、ぼくのエンジェル。愛している」

エンジェルは唾をのみこみ、両手を頬に当てた。「でも、わたしは……」

「きみはセカンド・ベストなんかじゃない」

エンジェルの目が大きく見開かれた。「ぼくはエマを愛していた」アレックスは静かに言った。「喜んでエマのそばにいた。だが彼女の世話をする前から、ぼくたちには体の関係はほとんどなかった。本当の意味で夫婦ではなかった。事情が違っていれば、幸せになれたかもしれない。だがきみは……」彼女の唇にキスをする。「きみはぼくの心の伴侶だ」

喜びがエンジェルの全身を貫いた。「あなたを愛しているわ、アレックス」

その言葉にアレックスの体から緊張が消え、彼は笑みを浮かべた。彼女の手を取り、大きく打つ胸に手のひらを添える。「きみを失ったら、それでぼくの人生は終わりだ」

喜びの涙がエンジェルの目からあふれた。彼の手を取り、いとおしげに手のひらにキスをする。「そんなことには絶対にならないわ」彼女は請け合った。

アレックスは親指で彼女の涙を拭った。「結婚してくれ、エンジェル」

「明日はどうするつもり？」

アレックスはにこやかにほほ笑み、彼女の唇にキスした。「地球でいちばん幸せな男になってるさ」

エピローグ

「パパ！」

何度そう呼ばれても、飽きることはなかった。「なんだい、ミス・ジャスミン？」

「もう行ける？」

「宿題はすんだのか？」

ジャスミンは待ちきれないように飛び跳ね、元気よくうなずいた。「とっくに用意はできてるわ」

アレックスは肩をすくめた。「パパだってできているさ。ママを待っているんだ。ママのせいだよ」

「今度は何をわたしのせいにするの？」エンジェルが部屋に入ってきた。

「わたしたちを待たせているでしょう」ジャスミンが答えた。

「何を急いでいるの？　雪はすぐには溶けないわ」

その年は記録破りの長い冬だった。

「溶けるかもしれないでしょう！　お日さまが照っているもの。パパにわたしの雪だるまを見せたいの。パパより背が高いと言っても信じてくれないんだもの……」

「ごめんなさいね。でも、準備は簡単にはできないのよ」エンジェルは腕に抱いている赤ん坊を見下ろした。幾重にもくるまれているので、ほとんど見えない。いまは目を閉じ、黒いまつげが扇のように広がっている。夜半まで両親を眠らせなかったのが信じられない。

いま思うと考えられないことだが、エンジェルは妊娠していると気づいたとき、妊娠が二人を引き裂くことになるかもしれないと思った。もう子どもは作らないと二人は決めていた。けれど、そうはならず、結果的には二人をいままで以上に近づけた。

エンジェルは妊娠したこと自体より、彼に話すことのほうが心配だった。話したときの彼の顔は決して忘れない。勇敢で大胆不敵な夫が怯《おび》えるのを見るとは思ってもみなかった。二度とあの表情を見ることはないけれど、アレックスの目に浮かんだ恐怖はずっと覚えている。思い出すたび、彼が生まれたばかりの息子を抱いたときの顔もよみがえる。

アレックスは絶えず妻のそばにいた。妊娠中、エンジェルは正気を保ちつづけられるとは思えなかった。彼の途方もない過保護ぶりに辟易《へきえき》していた。

彼の過保護にいらだちを覚えたら、エンジェルは彼の怯えた顔を思い出すことにした。

そばに来たアレックスが、青い毛布を引き下げ、息子の顔が見えるようにした。「初めてのお出かけだな」

「これで寒くないかしら？」

アレックスの温かい笑い声が響いた。「それだけ着ていれば、暑いくらいじゃないか」

アレックスには、息子ができたことがまだ現実とは思えなかった。息子のテオを心から愛していたが、妊娠そのものは彼の人生の中で最悪の期間だった。

エンジェルを失うかもしれないという恐怖は一瞬たりとも忘れたことはなかった。ジャスミンのために恐怖心を隠し、普通の家庭生活を送っているように装ったが、その重圧は途方もないものだった。

妻は賞賛に値した。妊娠期間を穏やかに乗りきった。二度の入院とつらい検査にも愚痴一つこぼさなかった。

ぼくの妻は本当にすばらしい。アレックスはエンジェルにキスをした。長々と続くキスに妻は美しい頬を赤らめた。

「これはなんのため？」

「男は手に入れられるときに、なんでも手に入れるのさ」

前日の午後も、二人は寝不足を解消するはずが、愛し合う機会の少なさを補うために、エンジェルが頬を赤く染め、瞳を輝かせるようなことになってしまった。

「テオのベビーカーを押していい？」ジャスミンがきいた。「すごくすごく気をつけるから」

「交代で押そう」アレックスはベビーカーの保護カバーのファスナーを上げながら言い、それから妻に小さな声でつけ加えた。「あとでぼくがちゃんと押すから」

「結婚はいつだって譲り合いですものね」エンジェルはつぶやいた。

エンジェルが結婚した男性は、奪うよりずっと多くのことを与えてくれる。

●本書は2014年12月に小社より刊行された作品を文庫化したものです。

億万長者の残酷な嘘

2024年12月1日発行　第1刷

著　者　キム・ローレンス

訳　者　柿原日出子（かきはら　ひでこ）

発行人　鈴木幸辰

発行所　株式会社ハーパーコリンズ・ジャパン
東京都千代田区大手町1-5-1
04-2951-2000（注文）
0570-008091（読者サービス係）

印刷・製本　中央精版印刷株式会社

 ISBN978-4-596-71759-7

11月27日発売

ハーレクイン・シリーズ 12月5日刊

ハーレクイン・ロマンス

愛の激しさを知る

祭壇に捨てられた花嫁	アビー・グリーン／柚野木　菫 訳
子を抱く灰かぶりは日陰の妻 《純潔のシンデレラ》	ケイトリン・クルーズ／児玉みずうみ 訳
ギリシアの聖夜 《伝説の名作選》	ルーシー・モンロー／仙波有理 訳
ドクターとわたし 《伝説の名作選》	ベティ・ニールズ／原　淳子 訳

ハーレクイン・イマージュ

ピュアな思いに満たされる

秘められた小さな命	サラ・オーウィグ／西江璃子 訳
罪な再会 《至福の名作選》	マーガレット・ウェイ／澁沢亜裕美 訳

ハーレクイン・マスターピース

世界に愛された作家たち
～永久不滅の銘作コレクション～

刻まれた記憶 《特選ペニー・ジョーダン》	ペニー・ジョーダン／古澤　紅 訳

ハーレクイン・ヒストリカル・スペシャル

華やかなりし時代へ誘う

侯爵家の家庭教師は秘密の母	ジャニス・プレストン／高山　恵 訳
さらわれた手違いの花嫁	ヘレン・ディクソン／名高くらら 訳

ハーレクイン・プレゼンツ作家シリーズ別冊

魅惑のテーマが光る極上セレクション

残された日々	アン・ハンプソン／田村たつ子 訳

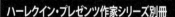